fábulas
La Fontaine

Título original: *Fables de La Fontaine*
Copyright © Editora Lafonte Ltda., 2012

Todos os direitos reservados.
Nenhuma parte deste livro pode ser reproduzida sob quaisquer
meios existentes sem autorização por escrito dos editores.

Direção Editorial *Ethel Santaella*

Concepção editorial *Criativo Mercado*
Preparação e revisão de texto *Helô Beraldo*
Projeto gráfico *Mario Kanegae*

```
Dados Internacionais de Catalogação na Publicação (CIP)
         (Câmara Brasileira do Livro, SP, Brasil)

  Ferri, René
       Fábulas, La Fontaine / Jean de La Fontaine ;
  tradução e adaptação René Ferri ; ilustrações Gustave
  Doré. -- 1. ed. -- São Paulo : Lafonte, 2020.

       Título original: Fables de La Fontaine
       ISBN 978-65-86096-74-3

       1. Fábulas - Literatura infantojuvenil 2. La
  Fontaine, Jean de, 1621-1695 3. Literatura
  infantojuvenil I. Doré, Gustave. II. Título.

  20-36060                                     CDD-028.5
```

Índices para catálogo sistemático:

1. Fábulas : Literatura infantil   028.5
2. Fábulas : Literatura infantojuvenil   028.5

Cibele Maria Dias - Bibliotecária - CRB-8/9427

Editora Lafonte
Av. Profª Ida Kolb, 551, Casa Verde, CEP 02518-000
São Paulo - SP, Brasil – Tel.: (+55) 11 3855-2100
Atendimento ao leitor (+55) 11 3855-2216 / 11 3855-2213 – atendimento@editoralafonte.com.br
Venda de livros avulsos (+55) 11 3855-2216 – vendas@editoralafonte.com.br
Venda de livros no atacado (+55) 11 3855-2275 – atacado@escala.com.br

Impressão e Acabamento
Gráfica Oceano

fábulas La Fontaine

ilustrações: Gustave Doré

tradução e adaptação a prosa: René Ferri

2020 * Brasil

Lafonte

índice

Sobre as fábulas de La Fontaine **08**
A Águia e a Coruja **24**
A Águia e a Gralha **81**
A Aranha e a Andorinha **129**
A Bolota e a Abóbora **144**
A Carruagem e a Mosca **70**
A Corte do Leão **58**
A Cotovia e seus filhotes, e o Camponês **214**
A Discódia **43**
A Donzela **62**
A Educação **143**
A Floresta e o Lenhador **92**
A Fortuna e o Menino **230**
A Galinha dos ovos de ouro **13**
A Garça-Real **54**
A Gralha vestida com as plumas do Pavão **229**
A Lebre e a Perdiz **27**
A Lebre e a Tartaruga **34**
A Leiteira **72**
A Leoa e a Ursa **128**
A Mula com orgulho de sua genealogia **33**
A Ostra e os Litigantes **161**
A Panela de ferro e a Panela de barro **222**
A Perdiz e os Galos **119**
A Rã e a Ratazana **208**
A Raposa de cauda cortada **223**
A Raposa e o Busto **228**
A Raposa e os Perus **100**
A Raposa, o Lobo e o Cavalo **76**
A Raposa, o Macaco e os Animais **31**
A sentença de Sócrates **211**
A Serpente e a Lima **17**
A Tartaruga e os dois Patos **130**
A Torrente e o Rio **191**
A vantagem do saber **196**

A Velha e suas duas Servas	**227**
A Viuvinha	**44**
As Adivinhas	**64**
As duas Cabras	**87**
As honras fúnebres da Leoa	**202**
As Mulheres e o Segredo	**183**
As orelhas da Lebre	**219**
Demócrito e os Cidadãos de Abdera	**162**
Discurso à Madame de La Sablière	**108**
Febo e Bóreas	**15**
Júpiter e o Passageiro	**160**
Júpiter e os Trovões	**194**
"Nada com excesso"	**167**
O Amor e a Loucura	**86**
O Ancião e os Três Jovens	**101**
O Asno coberto com pele de Leão	**22**
O Asno e o Cão	**182**
O Asno e seus Donos	**36**
O Asno que levava relíquias	**14**
O Avarento e o Macaco	**74**
O Avarento e seu Compadre	**138**
O Avarento que perdeu seu tesouro	**216**
O Camelo e os gravetos flutuantes	**226**
O Camponês do Danúbio	**118**
O Cão de quem cortaram as orelhas	**51**
O Cão que levava comida a seu dono	**192**
O Cão que troca a presa pelo reflexo dela	**38**
O Carroceiro atolado	**40**
O Cavalo e o Asno	**39**
O Cavalo e o Lobo	**224**
O Cavalo que se vingou do Cervo	**212**
O Cervo doente	**84**
O Cervo e a Videira	**20**
O Cervo que olhava na água	**32**
O Charlatão	**42**

O Círio 107
O Debochado e as Pescarias 177
O Depositário infiel 168
O Dois Papagaios, o Rei e seu Filho 88
O Escultor e a estátua de júpiter 155
O Estudante, o Pedante e o Dono de um jardim 146
O Falcão e o Galo 184
O Fazendeiro, o Cão e a Raposa 96
O Galo, o Gato e o Ratinho 23
O Gato e a Raposa 153
O Gato e o Rato 158
O Gato e os dois Pardais 90
O Gato velho e o Ratinho 83
O Homem e a Pulga 176
O Homem e a Serpente 120
O Horóscopo 156
O Lavrador e seus Filhos 220
O Leão 140
O Leão doente e a Raposa 18
O Leão que vai à Guerra 21
O Leão, o Lobo e a Raposa 186
O Lenhador e Mercúrio 236
O Lobo e o Caçador 164
O Lobo e o Cão magro 152
O Lobo e os Pastores 133
O Louco que vende sabedoria 165
O Macaco 77
O Macaco e o Gato 174
O Macaco e o Leopardo 127
O Malcasado 52
O Mercador, o Fidalgo, o Pastor e o Príncipe 104
O Milhafre e o Rouxinol 113
O Olho do Dono 218
O Oráculo e o Incrédulo 213
O Parto da Montanha 225
O Passarinho, o Açor e a Cotovia 47
O Pastor e o Leão ou O Leão e o Caçador 10

O Pastor e o Rei 122
O Pastor e o seu Rebanho 132
O Paxá e o Mercador 204
O Peixe pequeno e o Pescador 210
O Poder das fábulas 188
O Porco, a Cabra e o Cordeiro 106
O Rato disfarçado de Donzela 148
O Rato e a Ostra 200
O Rato e o Elefante 197
O Rato eremita 63
O Sapateiro e o Capitalista 180
O Sátiro e o Viajante 231
O Sol e as Rãs 239
O Tesouro e os dois homens 234
O Urso e o Jardineiro 198
O Urso e os dois Amigos 28
O Velho e o Asno 37
O Velho e seus Filhos 232
Os Abutres e os Pombos 60
Os Animais enfermos com a Peste 48
Os Coelhos 136
Os Companheiros de Ulisses 78
Os Desejos 56
Os Deuses que queriam instruir um filho de Júpiter 94
Os dois Amigos 178
Os dois Aventureiros e o Talismã 134
Os Dois Cães e o Asno morto 150
Os dois Galos 69
Os dois Pombos 170
Os dois Ratos, a Raposa e o Ovo 114
Os Médicos 12
Os Peixes e o Cormorão 116
Os Peixes e o Pastor que tocava flauta 124
Os Ratos e a Coruja 102
Os sonhos de um habitante da Mongólia 98
Tirso e Amaranta 206
Um Animal na Lua 66

Sobre as fábulas de La Fontaine

"As fábulas não são tão triviais quanto parecem. Nelas, o animal mais simples nos serve de mestre. A lição moral nos entedia, mas nas fábulas é mais fácil digeri-la. Além disso, a fábula tem uma dupla missão: agradar e instruir. Contar contos apenas por contá-los me parece sem sentido. É por isso que, dando rédeas à fantasia, autores ilustres têm cultivado esse gênero. Deve-se evitar a profusão de adornos e palavras ocas. Reparem que não há em suas obras palavras sobrando." disse Jean de La Fontaine.

O texto citado é de Jean de La Fontaine, pai da fábula moderna e poeta. Ele nasceu em Château-Thierry no dia 8 de julho de 1621 e desde pequeno cultivava o gosto pela leitura, principalmente pelas obras dos grandes autores da Antiguidade. Em 1641, foi estudar em um Seminário, mas não se apaixonou pelos estudos religiosos e, então, se mudou para Paris, onde se formou em Direito em 1649. Em paralelo aos estudos das leis, participou de um grupo literário composto por jovens autores, "Os cavaleiros da távola redonda", e escreveu seus primeiros versos.

Em 1647, pressionado por seu pai, casou-se com Marie Hécart, uma mulher culta e que também participava de salões literários. Em 1653, nasceu o primeiro e único filho do casal, Charles. Com a morte de seu pai, em 1658, La Fontaine se separou de sua esposa e foi buscar um mecenas para financiar seu trabalho literário. Foi Nicolas Fouquet seu primeiro mecenas e La Fontaine passou, então, a frequentar os salões nobres, onde conheceu Charles Perrault e Molière.

La Fontaine vivia entre Paris e Château-Thierry, onde trabalhava como inspetor de águas e florestas, mas quando Fouquet faliu, voltou a Thierry. Lá, persuadiu a duquesa de Bouillon a ser sua nova mecenas. Em 1664, voltou a Paris e, com o mecenato da duquesa d'Orléans, conheceu o sucesso nos salões nobres e publicou três antologias denominadas Contos e novelas em versos (1665, 1666, 1671).

No entanto, foi com suas fábulas que La Fontaine conseguiu sucesso imediato. O poeta dava aos animais o posto de personagens principais de suas histórias, para, assim, criticar os homens e denunciar os problemas de sua época. Entre 1668 e 1693, publicou 240 fábulas. A primeira edição, Fábulas escolhidas, era uma compilação de 124 fábulas e foi dedicada ao Delfim, um dos filhos do rei Luís XIV. A cada nova edição, novas fábulas eram acrescentadas. Entre 1678 e 1679, já sob o mecenato de Madame de La Sablière, ele publica mais 87 fábulas. Em 1683, La Fontaine foi eleito como sucessor de Colbert na Academia Francesa de Letras. A última edição revista de suas fábulas foi publicada em 1693. La Fontaine morreu em Paris, no dia 13 de abril de 1695. No fim de sua vida, renunciou seus escritos e se converteu ao catolicismo.

As fábulas de La Fontaine encantam tanto crianças quanto adultos e conti- nuam tratando de temas atuais. La Fontaine se inspirou nas fábulas de Esopo, Fedro e Pilpay, mas renovou o gênero quando reinventou a forma de contar suas histórias: narrativa curta, linguagem simples e moral da história explicada de forma didática. Animais com características da personalidade humana, figuras mitológicas, homens e mulheres nos mostram ou a pequenez ou a grandiosidade da alma humana e nos fazem rir de nós mesmos, muitas vezes.

Para compor este livro, foram traduzidas do francês e adaptadas para prosa 143 de suas fábulas, ilustradas por Gustave Doré. Parte da seleção conta com fábulas famosas como "A Galinha dos ovos de ouro", "A Lebre e a Tartaruga", "O Rato e o Elefante", e outras surpreendentes como "A Leiteira", "As duas Cabras", "A Águia e a Coruja", "As Adivinhas". São infinitas as leituras possíveis das fábulas e a atualidade dos temas morais tratados nelas. Conhecer a leitura e a discussão destas fábulas é essencial.

O Pastor e o Leão ou O Leão e o Caçador

As fábulas não são tão triviais quanto parecem. Nelas, o animal mais simples nos serve de mestre. A lição moral nos entedia, mas nas fábulas é mais fácil digeri-las. Além disso, a fábula tem uma dupla missão: agradar e instruir. Contar contos apenas por contá-los me parece sem sentido. É por isso que, dando rédeas à fantasia, autores ilustres têm cultivado esse gênero. Deve-se evitar a profusão de adornos e palavras ocas. Reparem que não há em suas obras palavras sobrando.

Fedro era sucinto e por isso o criticavam. Esopo era ainda mais breve. Certo fabulista grego, Babrias, chegava ao extremo do laconismo e suas narrações se fechavam sempre em quatro versos: se eram bem ou malfeitas que respondam os especialistas. Vejamos como ele trabalhava um argumento, também usado por Esopo. Um traz à cena um Pastor, e o outro, um Caçador. Comecemos a narração por Esopo.

Um Pastor notou que faltavam Ovelhas e quis pegar o Ladrão. Colocou uma rede de caçar Lobos perto de uma caverna, pois eram os principais suspeitos. Antes de sair dali, exclamou: "Oh, Júpiter, se fizer com que apareça o Ladrão diante de mim, dos meus vinte bezerros, sacrificarei em seu louvor o mais belo e gordo". Mal falou isso e saiu da caverna um terrível e corpulento Leão. Morto de medo, o Pastor se escondeu e disse: "Mal sabe o homem aquilo que ele pede! Para encontrar o ladrão de meu rebanho, lhe ofereci um bezerrinho, oh, soberano do Olimpo; agora lhe ofereço o melhor dos meus Bois para tirá-lo de minha frente".

Assim contou o mestre dos fabulistas. Passemos ao imitador.

Um Fanfarrão, amante da caça, perdeu um Cão de excelente raça e suspeitou que ele estivesse no ventre de um Leão. Encontrou um Pastor e lhe disse: "Leve-me à morada do infame assassino e verá como ele vai pagar pelo que fez." "Ele mora aqui; seu domínio vai até a montanha ali adiante. Todos os meses pago o tributo de um cordeiro e, assim, vou e volto pela campina, sem problemas." E, então, o Leão saiu do bosque e se dirigiu a eles com passo decidido. O Fanfarrão se pôs a correr, gritando: "Júpiter, por piedade, mostre-me onde me esconder!".

A verdadeira prova de coragem somente é reconhecida quando o perigo está por perto. Muitos dos que o desafiam fogem vergonhosamente ao ficar diante dele.

Os Médicos

Doutor Tanto-Melhor foi visitar um doente, que era também atendido pelo doutor Tanto-Pior. O primeiro dizia que o doente ficaria curado enquanto seu colega, funesto, dizia que ele ia morrer. Cada qual propôs um tratamento distinto e, depois de seguir o tratamento do doutor Tanto-Pior, o doente se rendeu às leis da Natureza e morreu.

Ele já estava no outro mundo enquanto os doutores ainda discutiam aquele caso. "Viu como ele morreu? Foi o que eu previ que aconteceria." Se tivesse tomado os remédios que indiquei," dizia o outro, "estaria agora cheio de vida!"

A Galinha dos ovos de ouro

A Avareza perde tudo quando quer tudo ganhar. Para provar o que digo me basta o exemplo de uma Galinha, que, segundo se conta, todos os dias botava um ovo de ouro; assim queriam os deuses. Seu dono acreditou que havia um tesouro dentro dela. Ele a matou, a estripou e viu que por dentro ela era igual a todas as galinhas. Foi dessa maneira que ele perdeu seu tesouro.

Boa lição para os Avarentos! Quantos vemos que, por quererem enriquecer da noite para o dia, terminam sem nada?

O Asno que levava relíquias

Um Asno carregando relíquias acreditou, o tolo, que o adoravam. Com essa ideia em mente, caminhava de forma soberba, como se os cânticos e o incenso fossem para si. Alguém reparou no que estava acontecendo e lhe disse: "Senhor Asninho, livre-se da vaidade. As homenagens não são para você, mas sim para o que carrega nas costas."

O mesmo acontece com alguns Asnos togados: o que se respeita neles é a roupa.

Febo e Bóreas

Febo e Bóreas viram um viajante que havia se prevenido muito bem contra o mau tempo. (Era entrada do outono, época em que são mais necessárias as precauções: assim como chove, faz sol; e o lenço de Íris avisa aos viajantes que nunca é demais levar um agasalho.) Nosso homem, então, esperava chuvas e se preveniu vestindo uma capa pesada.

"Olhe para ele", disse Bóreas, o Vento. "Preveniu-se tão bem, mas não pensou que se eu soprar forte sua soberba capa, ela vai voar. Será divertido vê-lo em apuros. Quer que eu sopre?"

"Pois vamos apostar quem de nós dois consegue arrancar mais rapidamente a capa dos ombros do Cavaleiro? Pode começar, obscureça meus raios de luz", respondeu Febo, o Sol.

Bóreas inchou-se o quanto pôde e, fazendo um barulho

dos diabos, soprou com todas as suas forças, produzindo tal furacão que derrubou casas por toda parte e fez barcas afundarem: tudo por causa de uma capa!

O Cavaleiro pôs toda a sua força para manter o capote e evitar que o Vento o arrastasse junto com ele. Bóreas perdeu tempo: quanto mais se esforçava, melhor se defendia o Cavaleiro. Quando o soprador desistiu e deu por perdida a aposta, Febo desanuviou o céu nublado e fez surgir um Sol forte, que, em pouco tempo, fez o viajante começar a suar e a despir sua capa.

Mais vale o jeito que a força: o que a violência e a fúria não fazem, a suavidade e a doçura conseguem fazer.

A Serpente e a Lima

Contam que uma Serpente, vizinha de um Relojoeiro (Que má vizinhança para um Relojoeiro!), entrou em sua loja e, não encontrando nada para comer, se pôs a roer uma Lima de aço. A Lima se dirigiu à Serpente, sem se alterar: "O que está fazendo, pobre ignorante? Não percebe que sou mais dura que você? Sua cabeça mole! Antes que possa me fazer mal, já terá desgastado suas presas. Nada tenho a temer".

A lição serve para todos vocês, gente de inteligência curta, que, não sendo bons em nada, a tudo criticam e querem morder. Vocês se atormentam em vão. Acham que suas presas podem penetrar obras de verdadeiro mérito? Para vocês, essas obras são feitas de aço, de bronze e de diamante.

O Leão doente e a Raposa

O Rei dos Animais estava doente, recolhido em seus domínios. Mandou que lançassem uma mensagem aos seus vassalos para que cada espécie enviasse uma comissão para visitá-lo. Prometeu, o Leão, que todos seriam bem tratados, tanto os Deputados como os que fossem de seu séquito. Cada espécie enviou uma comissão. As raposas, no entanto, não saíram de casa e uma delas explicou o motivo. "As pegadas daqueles que estão indo render homenagem ao doente, todas, sem exceção, vão em direção à caverna dele. Não há nenhuma que indique regresso. Isso nos faz desconfiar. Dispensamos esse convite, agradecemos o salvo-conduto. Acreditamos que Vossa Majestade seja boa, porém, na caverna real, vemos muito bem como entrar, mas não sabemos como sair."

O Cervo e a Videira

Um Cervo havia se escondido no meio de uma Videira muito frondosa, como acontece com plantas desse tipo que crescem em certos climas favoráveis. Os Caçadores acreditaram que seus Cães haviam perdido a pista do Cervo e os chamaram de volta. Então o Cervo, sentindo-se livre do perigo, começou a se empanturrar com as ramas da Videira; quanta ingratidão! Os Caçadores perceberam a Videira se mexer e, então, encontraram o Cervo e o mataram. Enquanto caía, o Cervo disse: "Mereci o castigo, fui muito ingrato em machucar quem me deu abrigo!".

Exata imagem daqueles que profanam quem lhes dá guarida!

O Leão que vai à Guerra

Tendo o Leão decidido, armou um conselho de guerra e a todos os animais, seus Súditos, mandou o aviso. Cada um teria de contribuir com suas qualidades na batalha. O Elefante, por exemplo, deveria carregar em suas costas quantos apetrechos pudesse, para que fossem usados conforme a necessidade; o Urso deveria fazer os ataques; a Raposa, inventar estratégias; o Macaco, distrair e confundir os inimigos com seus malabarismos. Alguém disse: "Dispensamos os Asnos, que são muito tapados, e as Lebres, que se assustam à toa". "Não!", contestou o Rei. "Vamos empregá-los. O Asno assustará as pessoas e nos servirá de trombeta; a Lebre será nossa mensageira."

O monarca, prudente e sábio, tira partido até de seus mais humildes súditos e reconhece talentos diversos. Não há ninguém nem nada inútil para as pessoas de bom-senso.

O Asno coberto com pele de Leão

Depois de fugir do estábulo e de cobrir-se com a pele de um Leão, o Asno era temido por todos: um animal tão medroso fazia tremer até os mais valentes. Porém (Havia de acontecer!), as pontas das orelhas do animal ficaram para fora e seu truque foi descoberto. Um homem agarrou o Asno e o reconduziu ao moinho, e aqueles que nada sabiam se benziam ao ver o aldeão tocar um Leão com as mãos.

Que meditem sobre esta fábula: o traje e o disfarce são o segredo da importância de muita gente.

O Galo, o Gato e o Ratinho

Um Ratinho inexperiente, que conhecia o mundo apenas pela fresta de sua toca, correu grande perigo. Assim ele narrou seu passeio para sua mãe: "Tinha saído para conhecer um pouco o mundo lá fora quando me deparei com dois animais. Um parecia doce, enquanto o outro tinha um ar feroz e inquieto. Este tinha voz áspera e vibrante, sobre a cabeça tinha uma pele vermelha e também tinha uma espécie de braço que agitava como se fosse voar. Ah, e a cauda dele era cheia de penas".

Assim o Ratinho descreveu o Galo, como se fosse um animal raro e desconhecido.

"Já com o outro animal eu me daria bem, tão simpático me pareceu: tem o pelo suave e acinzentado, uma cauda longa e flexível, um aspecto calmo e um olhar manso, embora suas pupilas sejam muito brilhantes. Creio que pode ser amigo dos ratos porque as orelhas dele são muito parecidas com as nossas. Dirigia-me a ele quando o outro soltou um grito tão alto e penetrante que me assustou e eu fugi."

"Meu filho", disse-lhe a mãe. "Esse sujeito que lhe pareceu tão bonito e manso é o Gato infame, que, com sua aparência hipócrita, oculta um ódio mortal a todos de nossa espécie. O outro, ao contrário, além de não nos fazer mal, servirá algum dia como nosso alimento. Lembre-se sempre, em toda a sua vida, de que não deve julgar os outros pela aparência."

A Águia e a Coruja

A Águia e a Coruja puseram um fim em suas brigas, fizeram as pazes e se abraçaram. Cada uma jurou respeitar os filhotes da outra.

"Já conhece os meus?", perguntou o Pássaro de Minerva.

"Não", respondeu a Águia.

"Que pena!", replicou a Coruja. "Temo pela segurança deles e será um milagre se se salvarem. Como você é Rainha, não considera nada nem ninguém. Adeus, meus bebês!"

"Ora, não é bem assim…", disse a Águia. "Diga-me como eles são e pode ficar tranquila que não tocarei neles."

"Bem, meus Filhinhos são formosos, graciosos, elegantes: não existem Filhotes mais lindos em todo o reino das aves!

Você os reconhecerá. Lembre que são lindos e garanta que a maldita Parca não chegue perto deles por sua causa."

Assim disse a Mãe Coruja. Em uma tarde em que estava caçando, nossa Águia viu um ninho abrigado em uma rocha. Nele havia uns animaizinhos monstruosos, repugnantes, de aparência rude e com uma voz de Megera.

"Esses não podem ser os filhotes de minha amiga", disse a Águia. E engoliu as avezinhas de uma vez só. Ao voltar para casa, a Coruja encontrou apenas as patas de seus amados filhotes. Foi se queixar aos deuses; pediu que eles castigassem quem causou sua infelicidade, e um deles lhe disse: "Culpe a si mesma. Melhor dizendo, culpe a lei natural que faz com que vejamos os nossos como os mais belos, inteligentes e encantadores. Foi esse o retrato que fez dos seus filhos para a Águia, então, como ela haveria de reconhecê-los?".

A Lebre e a Perdiz

Não podemos zombar dos infelizes. Quem está seguro de que será sempre feliz? O sábio Esopo nos dá um exemplo em suas fábulas. O que vou lhes apresentar serve para todos nós.

A Lebre e a Perdiz dividiam o mesmo espaço no campo e levavam uma vida sossegada, até que apareceu a matilha. A Lebre se pôs a correr, enfiou-se em uma toca e enganou os Cães. Porém, seu cheiro a traiu. Um dos Cães a farejou e se enfiou na toca, que desabou e acabou matando a Lebre em seu leito.

A Perdiz lhe dizia, debochada: "Você se gabava de ser tão rápida, dizia que tinha asas nos pés! De quê elas lhe serviram?". Quando se pôs a rir, os Cães a descobriram. Acreditava que as asas a eximiam de todo perigo, mas a pobrezinha não contava com as garras do Gavião.

O Urso e os dois Amigos

Dois Amigos que ficaram sem um tostão viram, na possibilidade de vender a pele de um Urso, a chance de conseguir um bom dinheiro. O único problema é que o Urso estava vivo, ainda. Mas eles o matariam: assim, ao menos, foi o que disseram.

E que Urso grande era aquele! O Rei dos Ursos, segundo eles. Sua pele faria a fortuna do Mercador, pois nem o frio mais glacial passaria por ela. E até dois grandes casacões poderiam ser forrados com ela!

Prometeram ao Mercador que em dois dias lhe entregariam a pele e, combinado o preço a ser pago, puseram-se a caminho. Eis que o Urso apareceu e correu na direção deles. Nem um raio teria sido tão rápido. Todo o planejado foi desfeito, inclusive o acordo com o Mercador. Um subiu na copa de uma

árvore e o outro, paralisado de medo, se jogou no chão e se fez de morto porque ouviu dizer que os Ursos não gostam de alimentos sem vida.

Senhor Urso caiu nesse truque como um tolo. Ele se aproximou daquela criatura inerte, tocou nela com patas e focinho, procurou saber se havia alguma vida ali. Por fim, se convenceu de que não havia vida e partiu para o interior da floresta.

Em seguida, o outro caçador desceu da árvore e felicitou o amigo pela estratégia que salvou sua vida. Tudo foi, afinal, apenas um grande susto. Com ar de riso, perguntou: "O que lhe disse o Urso ao pé da orelha, enquanto o cutucava?". "Disse-me que para vender uma pele de urso é preciso matar o Urso antes."

A Raposa, o Macaco e os Animais

Com a morte do Leão, reuniram-se todos os animais para eleger um novo Rei. Foram pegar a coroa real, que um Dragão guardava em uma caverna obscura. Em nenhum bicho ela se ajustou bem: alguns tinham a cabeça muito pequena ou muito grande, outros tinham chifres. O Macaco também a provou, mas a coroa foi parar em seu pescoço. E ele fez tantas graças e brincadeiras por causa disso que a plateia, divertida, o proclamou rei. Somente a Raposa negou lhe dar seu voto, mas não declarou, entretanto, sua oposição. Felicitou o novo monarca e lhe disse o seguinte: "Senhor, somente eu sei onde está escondida uma grande fortuna; é fato notório e público que todo tesouro pertence à Vossa Majestade". O novo rei era muito devotado ao Bezerro de Ouro e, pessoalmente, correu em busca do tesouro, sem ninguém saber. Mas esta era uma armadilha e nela ele caiu. A Raposa, tomando a voz dos demais, lhe disse: "Pretende nos governar? Logo você que não sabe nem governar a si mesmo?". O Macaco foi deposto e todos, então, concordaram que pouquíssimos são os dignos de usar a coroa.

O Cervo que se olhava na água

Um Cervo, ao olhar seu reflexo na água de uma fonte e admirar seus chifres majestosos, pela primeira vez viu, descontente, o quanto eram finas suas pernas, que se perdiam dentro da água. "Como são desproporcionais minha cabeça e meus pés!", dizia, com pena de sua própria imagem. "Meus chifres superam os mais altos arbustos, mas as pernas não me honram."

Nisso pensava quando um Cão de caça o fez correr: o Cervo buscou refúgio na floresta. Seus chifres, incômodo ornamento, o detinham a cada passo e atrapalhavam o bom desempenho de suas ágeis pernas, que foram sua salvação.

Antepomos o Belo ao Útil, e geralmente o Belo é o que mais nos prejudica. Aquele Cervo vaidoso criticava suas pernas ágeis e elogiava os chifres, que apenas o atrapalharam.

A Mula com orgulho de sua genealogia

A Mula de um bispo se fazia de nobre, vivia falando de sua mãe, a Sra. Égua, de quem contava mil proezas: havia feito isso, havia feito aquilo e mais aquilo outro. Como sua filha, julgava-se também digna de entrar para a história e achava pouco servir a um religioso.

Quando a pobre Mula ficou velha, a enviaram para um moinho. Ali, dando voltas e mais voltas, lhe veio à memória seu pai, o Sr. Jumento.

Para alguma coisa serve a infelicidade, nem que seja para baixar a crista dos vaidosos.

A Lebre e a Tartaruga

Não chega mais depressa quem corre mais rápido, o que importa é partir na hora certa. Exemplos disso são a Lebre e a Tartaruga. Disse a Tartaruga: "Vamos apostar que não chegará àquela baliza mais rápido que eu?". A Lebre respondeu: "Está louca? Com certeza chegarei lá antes de você!". Louca ou não, a aposta foi mantida e o apostado, não importa o quê, foi colocado junto à baliza. Também não vem ao caso quem foi o juiz da aposta.

Nossa Lebre não tinha de dar mais do que quatro longos saltos para ganhar; digo quatro referindo-me aos saltos desesperados que dá quando os cães a perseguem e, ao saltar, os deixa para trás. Tendo, pois, tempo de sobra para descansar, dormir e sentir o vento, ela deixou a Tartaruga sair na frente. O pesado réptil partiu, esforçou-se o quanto pôde, evoluiu lentamente; a Lebre não queria saber de obter vitória fácil, tinha sua oponente em baixo conceito e julgava que não precisava correr até os momentos finais. Deitou-se sobre a relva, à sombra, e se entreteve com outras coisas, atenta a tudo, menos à aposta. Quando percebeu que a Tartaruga estava quase alcançando a linha de chegada, a Lebre partiu como um raio. Porém, seus esforços foram inúteis: a rival a venceu. "E então? Eu tinha ou não razão?", disse a Tartaruga. "De que serve sua agilidade? Foi vencida por mim! O que aconteceria, então, se levasse a casa nas costas?"

O Asno e seus Donos

Um Hortelão tinha um Asno que se queixava à Fortuna porque seu dono o fazia acordar antes da alvorada.

"Os galos começam a cantar bem cedo," dizia, "mas antes de ouvirem seu canto já me acordam. E para quê? Para levar hortaliças ao mercado! Isso não é motivo para interromperem meu sono!"

Suas queixas foram aceitas por Fortuna, que lhe deu outro Dono: um coureiro. Mas as peles que carregava eram muito pesadas e, pior, cheiravam mal! O impertinente Asno achou que o novo dono era ruim também. "Quando meu primeiro dono não estava olhando, sempre dava para eu arranjar uma ou outra folha de couve, sem que me custasse nada. Aqui não tenho nem grama, e tenho de fazer tudo às pressas."

Conseguiu novamente que Fortuna o ouvisse e caiu nas mãos de um Carvoeiro. Mas nem por isso cessaram as queixas.

"Vá para o diabo!", exclamou, enfim, Fortuna. "Esse Asninho me dá mais trabalho que cinco Monarcas! Presume ser o único descontente com sua sorte? Que não tenho de atender a mais ninguém?"

Quanta razão tinha Fortuna! Somos assim: nada está bom para nós e nossa condição atual parece sempre pior do que é. Fatigamos o Céu com nossas demandas e mesmo se Júpiter nos desse o que pedimos sempre, não ficaríamos contentes.

O Velho e o Asno

Seguia um Velho montado em seu Asno quando viu uma pradaria verdejante e florescente. Apeou e soltou o animal para que ele descansasse e aproveitasse a relva fresca. E foi o que ele fez, com muita empolgação: andou por lá, comeu avidamente, deitou-se, rolou e esfregou o corpo todo. Até que o velho vai até ele e lhe diz: "Vem, vamos embora". "Por quê?", perguntou o Asno. "Vai me colocar carga dupla?" "Não", respondeu o Velho. Então o Animal argumentou: "Para mim é a mesma coisa, servir a um ou servir a outro. Então, fuja do seu patrão e me deixe no pasto. Nós dois temos um inimigo comum, que é o novo dono: e lhe digo isso com toda a segurança do mundo."

O Cão que troca a presa pelo reflexo dela

Somos todos tão gananciosos e são tantos os malucos que correm atrás de sombras vãs, que há de se aplicar aqui a história daquele Cão citado por Esopo.

Ao passar por um rio, o Cão viu, refletida na correnteza, a presa que levava em sua boca. Soltou-a e mergulhou no rio para trocá-la pela imagem. De repente, o rio ficou agitado e por pouco o Cão não se afogou. Depois de muito esforço, o Cão conseguiu chegar à margem: agora sem a presa que possuía e sem a outra que cobiçava.

O Cavalo e o Asno

Neste mundo, temos de ajudar uns aos outros. Se teu vizinho morre, o fardo que ele carrega cairá sobre você.

Um Asno seguia ao lado de um Cavalo malvado. O Cavalo carregava apenas sua sela e arreios, enquanto o pobre Asno estava sobrecarregado. O Asno pediu ao Cavalo que o ajudasse nem que fosse só um pouco; caso contrário, ele sabia que morreria antes de chegar ao povoado. "Não peço muito", dizia. "A metade de minha carga não é nada para você." O Cavalo não quis ajudá-lo e o desprezou. Logo seu companheiro de viagem morreu e percebeu o quanto havia agido mal. Teve de carregar a carga inteira, além da carcaça do defunto.

O Carroceiro atolado

Um Carroceiro conduzia uma carreta carregada de feno e de repente se viu atolado, muito longe de toda e qualquer civilização. Isso aconteceu em certo lugar da Bretanha baixa, em Quimper-Corentin. Sabe-se que o Destino manda para lá as pessoas de que não gosta. Deus nos livre de tal viagem!

Voltemos ao nosso Carroceiro que ficou atolado, reclamando e blasfemando contra tudo e todos. Daquela boca saíam xingamentos contra a lama do caminho, contra seus Cavalos, contra sua carroça e até contra ele mesmo. Resolveu se dirigir ao deus que se fez célebre pelos seus trabalhos. "Hércules, me ajuda. Tu que levaste nos ombros o globo terrestre, também podes me tirar desse apuro".

Mal havia concluído a súplica, ouviu sair das nuvens uma voz que lhe disse: "Hércules quer que as pessoas se esforcem e depois, se ainda precisarem, ele as ajudará. Primeiro, descubra o que provocou o atolamento. Limpe as rodas e tire a maldita lama que as trava. Pegue a picareta e quebre as pedras que as detêm. Calce as rodas nos sulcos onde estão afundadas".

Assim fez o Carroceiro, conforme o deus mandou. "E agora?", perguntou. "Agora, pegue o chicote." "Pronto, já peguei... Ei, o que é isso? Minha carroça está andando! Louvado seja Hércules!" E a voz acrescentou: "Como pode ver, o chicote despertou facilmente os cavalos do terrível transe".

Ajude a si mesmo e o Céu o ajudará.

O Charlatão

Nunca faltaram charlatões no mundo. A trapaça é a ciência mais fértil, de todos os tempos, em produzir mestres. Um deles se vangloriava de ser perito na arte da eloquência, tanto que era capaz de converter um Idiota, um Ignorante ou um Tolo em um verdadeiro orador.

"Sim, senhores", dizia. "Se me pagarem, até de um Asno faço um bom Orador."

Sabendo disso, o Rei mandou chamar o professor. "Em minha estrebaria há um belo Asno trazido da Arcádia e gostaria que ele fosse um Orador." "Senhor, com minha ajuda, isso será perfeitamente possível", respondeu nosso homem.

Foi-lhe entregue uma quantia em dinheiro e ele se comprometeu que em dez anos o Asno estaria pronto para discursar. Do contrário, ele concordou em ser enforcado em praça pública, tendo nas costas sua Retórica e vestindo as orelhas de um Asno.

"Pois vai ser enforcado", disse-lhe um Cortesão. "Isso não me preocupa", respondeu o Charlatão. "Antes de terminar o prazo, pelo menos um de nós três, o Rei, o Asno ou eu mesmo, estará morto."

Ele tinha razão. É uma idiotice contar com dez anos de vida. Por mais sãos que estejamos, de cada três de nós há de morrer pelo menos um nesse tempo.

A Discórdia

Por uma maçã, a deusa Discórdia armou tal confusão que os deuses, encolerizados, a expulsaram do Olimpo. Recebeu-a de braços abertos o Animal a quem chamam Homem, seu pai, Teu-e-Meu, e seu irmão, Que-Sim-Que-Não. Uma vez neste mundo, nos deu a honra de preferir nosso hemisfério ao dos mortais que nos opõem, gente inculta e grosseira que se casa sem a intervenção de padres ou tabeliães e nada tem a ver com a Discórdia.

Para encontrar os lugares onde eram requeridos seus serviços, Fama cuidava de avisá-la e ela rapidamente entrara no debate e impedia a paz, transformando a fagulha em um incêndio. Fama chegou a se queixar de que nunca a encontrava em um lugar fixo e seguro, perdia muito tempo a procurando. Discórdia tinha de ter uma moradia fixa, para que Fama pudesse encontrá-la mais facilmente. Como, na época, não existiam conventos de freiras, custou bastante para Discórdia encontrar moradia, até que se viu nela: estabeleceu-se no lugar de Himeneu.

A Viuvinha

A perda de um Marido vem sempre acompanhada de suspiros. Entristece-se muito a viúva, depois se consola. Vai-se a Tristeza nas asas do Tempo, e nas mesmas asas voltam os Prazeres. Que diferença entre a Viúva de um ano e a de um dia! Nem parece a mesma mulher. Uma espanta as pessoas, a outra as atrai. Com suspiros, verdadeiros ou fingidos, dizem que ela está inconsolável. Dizem, mas não é assim. Veremos nesta fábula e na realidade da vida também.

O Marido de uma Bela jovem partiu para outro mundo. Ao seu lado, sua Mulher dizia: "Aguarda-me, logo te seguirei; minha alma se juntará à tua". Entretanto, o Marido fez uma viagem solitária.

A Bela tinha um Pai experiente e zeloso, que deixou as lágrimas caírem. Depois, para consolar a filha, ele lhe disse:

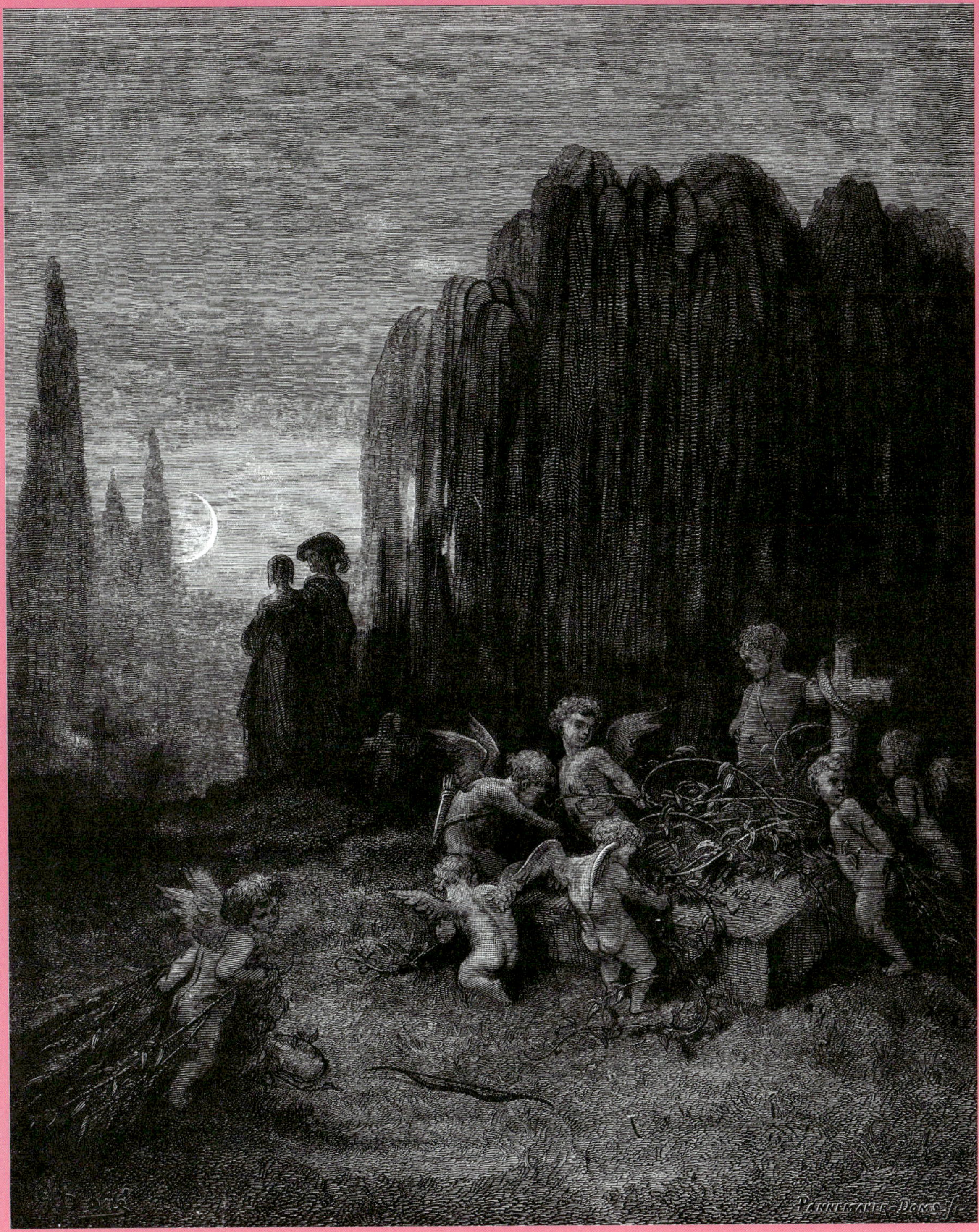

"Basta de choro, minha filha. Que necessidade tem o Defunto que você negue aos vivos os seus encantos? Se está entre os vivos, não sonhe com os mortos. Não digo para não sentir suas aflições e comemorar novas bodas, porém, passado algum tempo, aceite que eu lhe apresente um esposo jovem, elegante e bem diferente do Defunto". "Não!", ela respondeu. "No claustro de um convento é onde vou ficar!" O pai deixou que a Viuvinha digerisse seu infortúnio.

Um mês se passou. No mês seguinte, ela tratou de cuidar da roupa, afinal, o luto consente um pouco de vaidade. Logo em seguida, vieram as brincadeiras, os risos, os bailes, as festas. E assim foi: era viúva pela manhã e à tarde se debruçava na fonte da Juventude. O pai já não mais temia o Defunto que era tão amado; mas como não disse mais nada a sua filha, ela acabou lhe perguntando, impaciente: "E então, papai, onde está aquele marido que me prometeu?".

O Passarinho, o Açor e a Cotovia

As injustiças dos maus servem de desculpa para as nossas. A lei do universo é esta: o modo como você trata as pessoas é o mesmo modo como você será tratado por elas.

Um Lavrador caçava Passarinhos com um espelho. O fantasma brilhante atraiu uma Cotovia. Ao mesmo tempo, um Açor, que voava pelos campos, se precipitou sobre a Cotovia, que cantava e não havia percebido o movimento estratégico do Açor. De repente, a avezinha se viu presa nas garras do Açor. Ele ficou tão ocupado em desplumá-la que acabou envolto nas redes de um Caçador. "Caçador," disse em seu idioma, "solte-me, não fiz nenhum mal para você." E o Caçador respondeu: "E esse animalzinho, que mal fez a você?".

Os Animais enfermos com a Peste

Uma enfermidade assustadora, daquelas de povoar em um dia o Aqueronte, dizimava os animais. Era a Peste (temos de nomeá-la), a doença enviada pelos Céus para castigar os crimes da terra. Nem todos morriam, mas todos eram atacados. Estavam tão abatidos que nada os fazia pensar em cuidar da vida, alimento algum lhes aguçava o apetite, nem os Lobos e as Raposas se interessavam em atacar suas vítimas inocentes. As Pombas fugiram e, então, acabou o amor e, com ele, toda a alegria de viver.

Houve uma reunião e o Leão falou o seguinte: "Creio, meus amigos, que foi por causa de nossos pecados que Deus nos mandou tamanho sofrimento. Pela glória celeste, o maior culpado entre nós deve se sacrificar para, talvez, nos salvarmos todos.

Aconteceram casos parecidos em tempos passados. Não

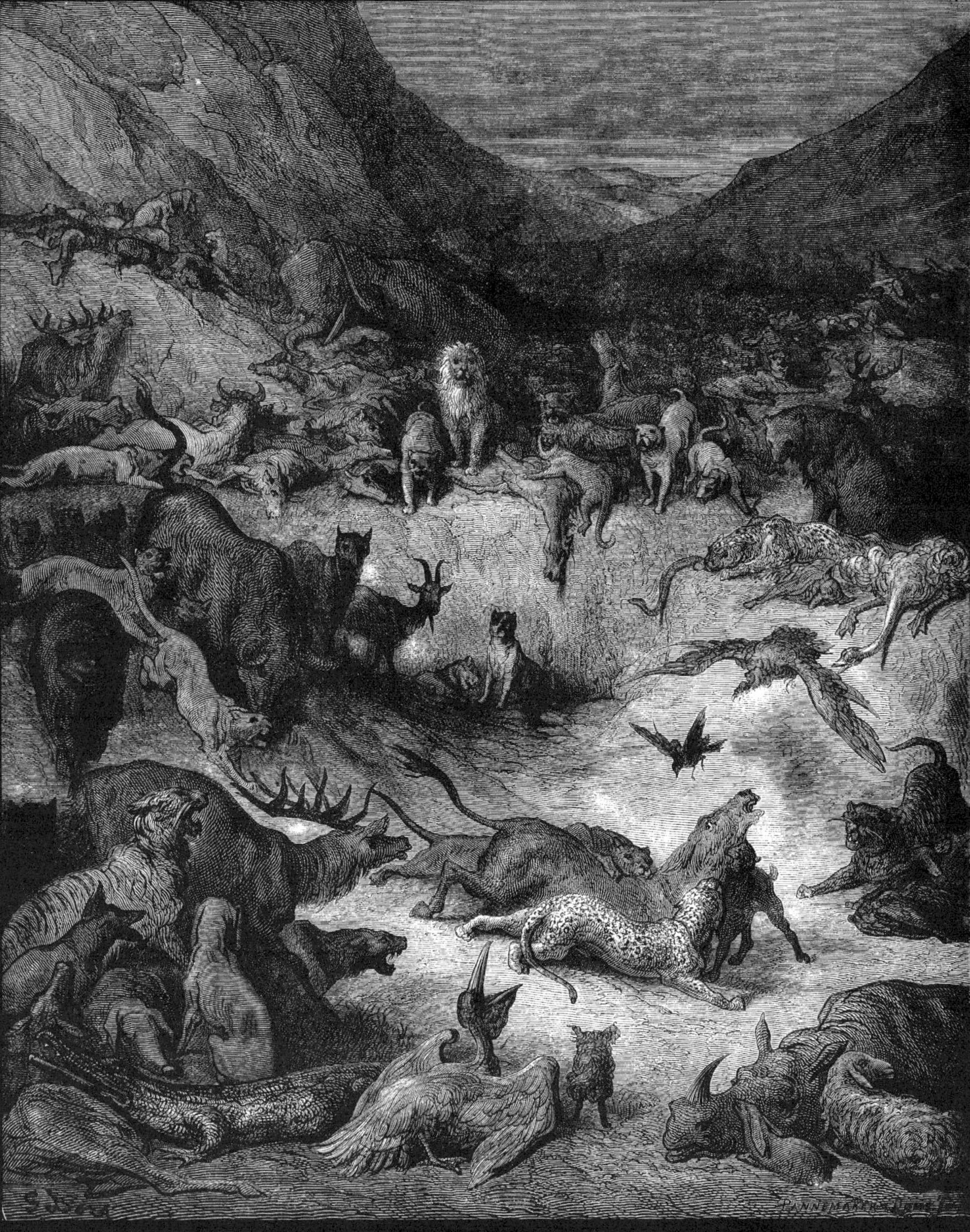

ocultemos nem abrandemos nada; que cada um examine sua consciência. Quanto a mim, confesso que, dando rédeas a minha voracidade, andei matando alguns Carneiros. Que mal tinham feito a mim? Nenhum. E, certa vez, devorei também o Pastor. Eu me sacrificarei, se necessário. Porém, creio ser o caso de todos se confessarem como eu, pois é importante que, segundo a justiça, o mais culpado pereça".

"Senhor," disse a Raposa, "você é um Rei maravilhoso. Excessivos são seus escrúpulos e sua delicadeza. Comer Carneiros, raça abjeta e estúpida, é um pecado? Não, não. O Senhor fez até um bem para eles, lhes destinou uma morte honrada. Quanto ao Pastor, bem, pode-se dizer que mereceu seu fim, pois é uma dessas pessoas que usa os animais para construir seu império." Assim disse a Raposa e os bajuladores a aplaudiram sem parar.

Ninguém se atreveu a condenar os excessos mais graves do Tigre, do Urso e dos outros animais poderosos do reino; todos os animais grandes, até o simples Mastim, foram considerados uns santinhos. Chegou a vez do Asno e ele se confessou: "Se bem me lembro, uma manhã, no pasto do convento, eu comia o mato fresco que brotava do chão, mas sucumbi à tentação e fui comer um pouco da plantação... Comi muito pouco mesmo, mas não tinha o direito de comer o que comi." Não o deixaram nem acabar de falar e se atiraram sobre o pobre Animal. Foi um Lobo, até culto, que discursou e os persuadiu a matar aquela maldita besta, culpada de tudo. O pecado do Asno foi julgado digno de condenação à morte. Provar da plantação alheia! Somente com a morte ele conseguiria expiar sua culpa.

Dependendo da força ou da debilidade do acusado, o Tribunal dá sua sentença.

O Cão de quem cortaram as orelhas

"O que dirá quem me ver mutilado dessa maneira por meu próprio amo? Como me apresentarei diante de outros cães? Oh, donos dos animais, vocês são uns tiranos, isso sim! Pudera tratá-los do mesmo modo!"

Assim clamava Cabeçudo, um Cão jovem, de quem umas pessoas, surdas aos seus lamentos dolorosíssimos, acabaram de cortar as orelhas. Cabeçudo acreditou que o que lhe fizeram era um mal, mas com o tempo percebeu que fora um grande bem, pois sua índole agressiva o levava a brigar com outros de sua raça e várias vezes viu-os voltando para casa com aquela parte do corpo em pedaços. É fato: todo cão de briga tem as orelhas rasgadas.

Quanto menos carne deixamos aos dentes alheios, melhor. Quando não há mais um ponto fraco, protege-se mais, por medo de uma surpresa. Testemunha desta verdade foi nosso Cabeçudo, bem provido de um pescoço forte e com as orelhas tão rasas quanto a palma de minha mão. Não tinha lugar de seu corpo para o Lobo morder.

O Malcasado

Se a bondade fosse inseparável da beleza, amanhã mesmo procuraria por uma esposa; mas como a separação entre essas qualidades não é novidade, e poucas vezes se encontra uma alma boa hospedada em um corpo bonito, não estou procurando por companhia. Tive várias oportunidades de me casar, mas nenhuma me atraiu. Os homens, todavia, se arriscam quase todos nessa aventura, que é a maior de todas que possam vir a experimentar. É verdade, também, que quase todos se arrependem de ter casado.

Vou lembrar o exemplo de um Marido que se arrependeu tanto, mas tanto, que não teve outro remédio senão despachar para longe sua Esposa competitiva, avarenta e ciumenta. Nada a contentava, nada lhe parecia bom. Levantava-se muito tarde e se deitava muito cedo; numa hora queria uma coisa, depois preferia outra; logo mais, nem uma e nem outra. Os Criados se desesperavam; o Esposo já não aguentava mais. "Esse homem não pensa em nada; esse homem esbanja tudo; esse homem não se mexe; esse homem não para quieto", e tanto e tanto falava que o bom homem, cansado de ouvir aquela ladainha, a mandou para o campo, para a casa de seus pais. Viveu ali algum tempo, na companhia de criadores de patos e porcos. Ao fim de uma temporada, acreditando terem diminuído seus caprichos, o Marido foi buscá-la. "E então, como foi?", perguntou. "A simplicidade do campo lhe agradou?" "Sim, sim," respondeu, "porém me dava pena de ver que aquelas pessoas são mais preguiçosas que as que vivem na cidade. Não têm cuidado algum com os rebanhos. Bem que eu lhes aconselhava, mas só consegui me indispor com todos." "Pois bem", replicou o marido. "Se você tem um gênio tão difícil que mesmo os que ficam ao seu lado por um segundo já querem sumir, imagina os Criados com quem você implica o dia inteiro? Que dizer, então, do Marido, a quem você não quer ver longe nem por um minuto? Adeus! Volte para o campo. Se alguma vez cair na tentação de querê-la de volta, que eu seja punido tendo duas esposas na próxima encarnação!"

A Garça-Real

Um dia, andava não sei por onde, com suas longas pernas, seu pescoço longo e seu bico grande, a Garça-Real. Seguia pela margem de um rio. A correnteza estava em seus melhores dias e as águas eram claras e transparentes. A comadre Carpa brincava com seu compadre Lúcio. A Garça podia capturá-los facilmente, pois estavam bem na superfície, ao alcance de seu bico; porém, lhe pareceu melhor aguardar a visita da fome. Ela vivia de regime e não comia fora de hora. Após uma hora, chegou a tal visitante. A Ave se aproximou da água e viu várias Tencas saindo de um esconderijo. Não lhe agradou aquele manjar, esperava algo melhor. Mostrou-se desdenhosa, como o Rato de quem falou Horácio.

"Tencas, para mim?", disse. "Como pode contentar-se uma Garça-Real com pescado tão pobre? Por quem me tomam?" Recusada a Tenca, surgiu um mísero Góbio. "Um Góbio! Isso não é comida para uma Garça-Real. Abrir o bico por tão pouca coisa? Os Deuses que me livrem!"

Pois teve de abrir o bico por muito menos; não viu mais nenhum Peixe, nem ruim nem bom. A fome não quis ir embora e a Garça se sentiu muito sortuda quando conseguiu achar uma Lesma.

Não sejamos exigentes. Os mais acomodados são justamente os que mais se atrevem a exigir.

Quem muito quer alcançar, pode tudo perder. Não desdenhe nada, sobretudo quando não está a salvo de todo o mal. Não estou me referindo às Garças-Reais; como poderão ver, leitores, na próxima fábula a raça humana também aprenderá a lição.

Os Desejos

No Império Mongol, há uma espécie de Diabinhos que servem de Criados. Limpam e arrumam a casa, cuidam de todos e às vezes cultivam o jardim. Porém, se irritá-los de alguma maneira, estragará tudo. Um deles cultivava o jardim de um Burguês perto do Ganges. Trabalhava sem fazer barulho, com muita habilidade; professava um autêntico afeto pelos donos do lugar e, sobretudo, pelo jardim. Deus sabe que os Zéfiros, povo amigo do Demônio, os ajudavam com suas tarefas. O Diabinho nunca descansava e cobria seus patrões com agrados. Tanto gostava deles que nunca lhe ocorreu abandoná-los, apesar da volubilidade própria dessas criaturas. Mas seus colegas, os Espíritos, fizeram tanta intriga, por capricho ou política, que o chefe dessa República ordenou que ele mudasse de domicílio e partisse para os confins da Noruega, para se encarregar de uma casa que ficava coberta de neve o ano inteiro.

Assim, de indiano que era, o duende se tornaria um lapão.

Antes de partir, ele disse a seus patrões: "Obrigam-me a partir, tenho de ir embora. Não sei por qual motivo, mas já foi decidido, então, só vou poder ficar aqui por mais um mês, talvez por uma semana. Aproveitem, pensem em três coisas que desejam, pois tenho o direito de realizar três de seus desejos, não mais". O casal pediu, em primeiro lugar, riquezas infinitas, e assim surgiram na propriedade arcas cheias de moedas, trigo que abarrotou os celeiros e vinho que inundou suas adegas.

O casal logo percebeu que havia feito o pedido errado, pois o monarca os sobrecarregou de impostos, até os mais ricos e abastados lhes pediram empréstimos, os ladrões passaram a lhes perseguir, querendo sua parte. Além disso, eles sequer conseguiam pôr as contas em ordem, pois não faziam ideia do quanto possuíam.

Perdida a paz, fizeram o segundo pedido: "Chega de riquezas, felizes são os miseráveis! A pobreza é melhor que uma riqueza dessas. Faça com que isso tudo desapareça e que se estabeleça a mediocridade, mãe do repouso, da tranquilidade e do bom humor". E assim foi feito, o Diabinho ficou feliz por lhes devolver a felicidade. E para aproveitar sua generosidade, quando estava pronto para partir, o casal lhe fez o terceiro pedido: sabedoria, um tesouro que nunca é demais.

A Corte do Leão

 Sua Majestade, o Leão, quis conhecer um dia todos os povos dos quais o céu o fez amo e senhor. Enviou uma carta a todos, legitimada com o selo real, e convidou os Vassalos de todas as classes. Dizia, na carta, que o Rei celebraria festas durante um mês e que elas começariam com um banquete seguido pelos malabarismos de Fagotín. Com esses luxos, o Rei demonstrava seu poder aos súditos.

 Abriu-lhes seu palácio. E que palácio! Verdadeiro cemitério, lotado de carcaças das quais o cheiro podre enjoava todos. O Urso tapou as narinas, mas jamais devia ter feito isso, porque o Leão, irritado com sua atitude, imediatamente o enviou para a casa de Plutão. O Macaco aprovou aquela brutalidade; com elogios excessivos, louvou a cólera e as garras do monarca, também a caverna do Rei e o odor que exalava daquele Covil.

Disse não haver flor alguma que cheirasse melhor que o alho. Seus elogios idiotas não obtiveram êxito: ele, também, foi castigado. Esse Leão devia ser parente de Calígula.

    Chegou a vez da Raposa. Sua Majestade lhe disse: "Algum cheiro a incomoda? Responda com toda sua franqueza". E o que respondeu o astuto animal? Que estava muito gripado e não podia dizer nada, havia perdido o olfato. Foi dessa maneira que ela escapou do apuro.

    Esta fábula serve de lição a todos. Na Corte, se quiser agradar alguém, não seja nem um suave adulador nem um orador sincero demais. Quando lhe perguntarem algo, experimente responder em outra língua.

Os Abutres e os Pombos

    Então, Marte pôs em guerra todos os habitantes dos ares. Não aqueles que a Primavera nos traz e que sob a ramada, com seus cantos, despertam o amor em nossas almas; nem aqueles outros que puxam a carruagem voadora de Vênus. Mas os Abutres, de bico retorcido e garras afiadas, eram os que, por um cachorro morto, faziam a guerra. De tal modo a faziam, que chovia sangue, sem exagero. Se quisesse contar todos os detalhes de tudo o que aconteceu, me faltaria fôlego. Muitos líderes morreram, e também heróis; até acreditei que Prometeu ia chegar ao fim de seu tormento. Dava gosto ver os brios dos combatentes; era uma lástima vê-los caírem mortos. Tudo foi colocado na disputa: perícia, força, esperteza, surpresa.

Esses horrores impressionaram tanto outra raça, de pescoço delgado e coração sensível e fiel, que, compadecida, propôs uma mediação para dar fim à briga. Os Embaixadores dos Pombos elegeram mensageiros para tal fim; estes tiveram tamanho sucesso na negociação que os Abutres não guerrearam nunca mais. Primeiro propuseram trégua, depois a paz; mas tudo isso custou muito a sua raça. Os Abutres passaram a caçar os Pombos e fizeram tal carnificina que despovoaram suas vilas e aldeias. Que má ideia os pobres Pombos tiveram em tentar pacificar um povo tão selvagem!

Mantenham distância dos maus. Procurem a segurança entre pessoas boas. Deixem que os maus façam a guerra e assegurem a sua própria paz. E digo mais: para bons entendedores, poucas palavras bastam.

A Donzela

Uma Donzela, meio orgulhosa, queria um marido jovem, bonito, elegante, de boas maneiras, muito apaixonado e nada ciumento, com ênfase nas duas últimas qualidades. E mais: queria ainda, a Donzela, que seu futuro marido fosse rico e de boa família, para que não lhe faltasse nada. Mas quem tem todas essas qualidades? O destino quis favorecê-la e se lhe apresentaram partidos muito bons. Mas aos olhos da Bela, nenhum deles era bom o suficiente. "Como se atrevem? A mim, fulaninho? A mim, beltraninho? Que acontece, estão loucos?" Um carecia de inteligência; outro tinha o nariz dessa ou daquela maneira. Um era muito velho; outro, jovem demais. Enfim, em todos havia algo de que ela não gostava. Depois dos bons partidos, apareceram os médios, mas o desdém continuou. "Sou uma tonta em abrir a porta para eles! Acham que estou desesperada para me casar! Pois, sim! Graças a Deus estou muito bem só."

A Bela veio a se arrepender de tanto desdenhar. O tempo passou, a idade avançou e, adeus, pretendentes! Foram-se os Risos, as Paqueras, o Amor. Ela ficou feia. Por mais que se cuidasse, não conseguiu escapar do Tempo, esse ladrão. As ruínas de uma casa podem ser reparadas, mas em um rosto não há remendos. A Donzela, então, mudou seu discurso. O espelho lhe dizia: case-se o quanto antes. O mesmo ela passou a dizer para si mesma, ia além de um desejo secreto, pois nas mais orgulhosas cabem tais fraquezas. Tal seleção chegou ao fim e o resultado foi bem diferente do que havia planejado. Ela ficou muito feliz por conseguir um marido corcunda e de pernas tortas.

O Rato eremita

Os povos do Oriente, em uma de suas lendas, disseram que um certo Rato, cansado do mundo, se retirou e foi morar dentro de um queijo holandês. Gozava ali de completa solidão, o novo eremita. Tanto trabalhou com dentes e unhas que, ao cabo de poucos dias, fez dali um albergue e um armazém. Tinha tudo de que necessitava e acabou gordo como uma baleia. Deus dá os bens a quem se dedica a Ele.

Certo dia, mensageiros do povo dos Ratos foram procurar pelo ermitão, em busca de algum socorro. Ratópolis estava bloqueada. Os mensageiros andavam por terras estranhas em demanda de auxílio contra o exército dos Gatos e seguiam sem dinheiro algum pelo precário estado da República atacada. Pediam pouco, pois estavam seguros de que a ajuda chegaria em três ou quatro dias. "Meus amigos", disse o Solitário. "Em que pode ajudá-los um pobre Recluso? Que mais posso fazer além de rogar ao Céu que os ajude? Confio que receberão a ajuda necessária." E sem dizer mais nada, o novo Santo trancou a porta.

A quem me refiro, na sua opinião, ao falar desse Rato tão inútil? A um monge? Não, de jeito nenhum. Refiro-me a um dervixe. Suponho que os monges sejam sempre mais caridosos.

Fábulas • 63

As Adivinhas

A opinião nasce quase sempre da oportunidade, e esta opinião é o que forma a reputação das pessoas. Há muitos exemplos disso. No mundo, existem preocupações e conjecturas; já justiça, há pouca ou nada. Essa é a corrente e quem se opõe a ela? Sempre foi assim e assim será para sempre.

Havia em Paris uma mulher que se dizia Adivinha. As pessoas corriam para consultá-la sobre diversos assuntos. Uma porque havia tido uma desilusão; outra porque tinha um amante ou porque o marido bebia demais; um marido porque sua esposa era ciumenta; um filho porque sua mãe era muito severa. Todos corriam à casa da Adivinha para que ela dissesse o que desejavam ouvir. A ciência da mulher consistia em sua perspicácia e astúcia. Alguns provérbios, muita ousadia e o acaso, algumas vezes, concorriam para se tornar estupendas profecias e, assim, ela se fazia passar por um oráculo. Aquele oráculo morava em um casebre e ali ganhou tanto dinheiro que, sem contar com outros recursos, conseguiu um emprego para o marido e comprou uma casa decente para morar.

Outra mulher ocupou o casebre e a ela todos da cidade, pequenos e grandes, homens e mulheres, iam perguntar sobre todos os assuntos, como antes. Aquele lugar, então consagrado pela moradora anterior, viu-se convertido em outro antro da Sibila. Sua nova hóspede não conseguia livrar-se das pessoas que apareciam por lá. "Imagine só! Eu, uma Adivinha!", exclamava. "Não debochem de mim, não sei ler nem escrever. Tenho sofrido até para decorar o Pai-Nosso." Mas, ninguém a ouviu. Ela teve de predizer o futuro, encheu a bolsa de dinheiro e ganhou a fortuna de dois Advogados. Os móveis e seus bens contribuíam para tal êxito. Se aquela boa mulher tivesse dito verdades em um lugar bem arrumado, em nada teriam acreditado. O prestígio estava no casebre, no ambiente.

A amostra e o rótulo asseguram a freguesia. Já se viu nos tribunais uma toga mal-ajambrada ganhar muito dinheiro. As pessoas o confundiram com um letrado A ou B, que, no fórum, tem todo prestígio; perguntem-me o porquê.

Um Animal na Lua

Um Filósofo assegura que nossos sentidos nos induzem a erros; outro Filósofo jura que os sentidos nunca nos enganam. Ambos têm razão: a Filosofia está certa em dizer que os sentidos são falíveis quando fundamentamos neles nossos julgamentos. Mas se retificamos a imagem do objeto que estamos observando segundo a distância e seu entorno, além do órgão que a enxerga e o instrumento que auxilia a visão, os sentidos não nos enganam. Olho para o sol; qual é seu tamanho? Visto daqui, o enorme astro não tem mais que três palmos de circunferência; porém, se eu o visse lá de cima, de sua própria esfera, que enorme pareceria a meus olhos esse olho da natureza! Sua distância faz com que eu forme uma ideia de sua magnitude: o cálculo do ângulo e seus lados a determinam. O ignorante crê que o sol é plano; já eu o vejo esférico, o deixo imóvel e a Terra caminha. Em seguida, desminto meus olhos e tudo volta ao normal. A ilusão visual deixa de me enganar se eu tenho a informação. Quando o graveto que introduzo na água se dobra, minha inteligência o endireita. A inteligência decide tudo, em definitivo, com seu auxílio minhas pupilas não me enganam, embora estejam sempre mentindo para mim. Se tivesse de julgar pelo que vejo, diria que a lua tem a cara de uma mulher. Será? Não. De onde vem tal ilusão? As desigualdades da superfície lunar produzem esse efeito. Ela é montanhosa em uns pontos e plana em outros, as sombras e as luzes às vezes mostram um homem, um boi ou um elefante.

Em tempos idos, ocorreu algo parecido na Inglaterra: depois de instalada a luneta, apareceu um novo animal nesse astro tão belo; todos gritavam de alegria. Havia ocorrido uma mudança que predizia uma grande mudança. Quem sabe a guerra que havia se instalado entre as grandes nações não seria uma consequência dela? O Rei também viu aquele Monstro na Lua. E o que era? Um ratinho, que estava entre as lentes da luneta. Todos começaram a rir. Nação afortunada! Quando a França poderá se dedicar a tarefas úteis? Marte nos dá uma abundante colheita de glórias, que nossos inimigos nos temam nos combates! Busquemos as glórias sem medo, seguros de que a vitória, amante de Luís, sempre nos seguirá. Tampouco as filhas da Memória nos abandonaram: desfrutemos de suas delícias. Desejamos a paz, mas não ao ponto de suspirarmos por ela. Carlos também sabe aproveitar: conduziu a Inglaterra aos exercícios bélicos dos quais hoje é uma pacífica espectadora. Mas, se pudesse pacificar a guerra, quanto aplauso ganharia! Não haveria glória maior. A missão de Augusto não foi tão nobre e digna quanto a de César? Oh, povo demasiado feliz! Quando virá a paz que deixará que nos entreguemos, todos, às artes?

Os dois Galos

    Dois Galos viviam em paz. Ao chegar uma Galinha, a guerra se instalou. Por causa do amor, Troia se incendiou numa guerra que tingiu as águas do Janto com o sangue dos deuses! A briga entre nossos dois Galos durou muito tempo e a notícia correu por toda a vizinhança. Todos os de crista assistiram ao espetáculo. Mais de uma Helena de belas plumagens foi o prêmio do vencedor. O perdedor desapareceu. Foi se esconder no fundo do galinheiro, chorou sua glória e suas amantes, amores perdidos de quem o feliz rival gozava da companhia.
    Ele os encontrava todos os dias e isso inflamou seu ódio e sua coragem. Afiou o bico e sacudiu as asas, golpeando o ar e esticando as patas. Exercitou-se contra o vento e se armou com uma raiva ciumenta. Mas não precisou de nada disso. O vencedor subiu no telhado para cantar vitória. De repente, surgiu um Abutre: adeus amores e glórias! O orgulho dele, inteirinho, foi parar nas garras da ave de rapina. O perdedor acabou ganhando uma disputada Galinha e todas as glórias e honras.
    A Fortuna faz dessas coisas. A soberba do vencedor é sua ruína. Desconfiemos da sorte e, depois da vitória, é bom nos cuidarmos bastante.

A Carruagem e a Mosca

Por um caminho difícil, arenoso, maltratado e exposto por todas as partes aos rigores do sol, seis cavalos fortes puxavam uma carruagem, tentando superar uma elevação.

Mulheres, Frades, Velhos, todos haviam descido. Os animais suavam e suavam. Estavam rendidos e exaustos. Nesse meio-tempo, chegou uma Mosca, se aproximou dos Cavalos e tratou de animá-los com seu zumbido. Picou um e outro, e presumiu ser ela quem faria a Carruagem andar. Pousou nas rédeas, pousou no nariz do Condutor. E quando a diligência começou a se mover, ela mesma se atribuiu o sucesso da empreitada. Ia, vinha e voltava, parecia um Sargento em dia de combate, correndo de um lado para outro, conduzindo seus soldados à vitória.

A Mosca lamentava não ter recebido ajuda nenhuma e disse que ninguém animou os Cavalos quando eles mais precisavam. O Frade repassava seu Breviário: "Ora, que bela hora para ler!". Uma mulher cantarolava: "Por favor, não é hora para canções!". A Senhora Mosca zumbia nos ouvidos de todos. Depois de muito trabalho, finalmente a Carruagem venceu a ladeira. "Respiremos!", exclamou a Mosca. "Tanto fiz que agora estamos todos salvos! Bem que podiam me pagar, Senhores Cavalos!"

Muitos trabalham assim: fingindo-se laboriosos, se intrometem em todos os assuntos. Por serem inoportunos, deveriam ser expulsos de todos os lugares.

A Leiteira

Com a Leiteira na cabeça, Michele seguia apressada. Queria chegar rápido. Caminhava a passos largos com seus sapatos folgados, que a deixavam mais ágil. Caminhava e pensava em quanto renderia a venda do leite e como empregaria esse dinheiro. Compraria uma centena de ovos e criaria galinhas. Por mais prejuízos que a Raposa causasse à criação, sobrariam muitas para vender e, então, ela compraria porcos, que, depois de engordados, seriam vendidos para comprar uma boa vaca, que ficaria em um estábulo junto de seu bezerrinho. "E não seria bom vê-lo triscar no meio do rebanho?" Ao se questionar, Michele riu e deixou cair a Leiteira no chão, derramando todo o leite. Adeus, vaca e bezerro! Adeus, porcos! Adeus, galinhas! A dona de tantos bens, olhando com olhos aflitos sua fortuna escorrendo pelo chão, voltou para se desculpar com seu marido e ainda correu o risco de levar uma boa surra.

Quem não tem ilusões? Quem não constrói castelos no ar? Todos, desde o soberbo Pirro até a Vendedora de leite. Todos, tanto os sábios quanto os loucos. Sonhamos acordados e não há nada mais agradável que deixar fantasias enormes se apoderarem de nossas almas. Quando estou sonhando, sou tão valente que desafio o mais bravo, elejo-me Rei de um povo que me adora, visto coroas. No entanto, qualquer imprevisto me devolve à realidade e volto a ser o mesmo pobre Jean de antes.

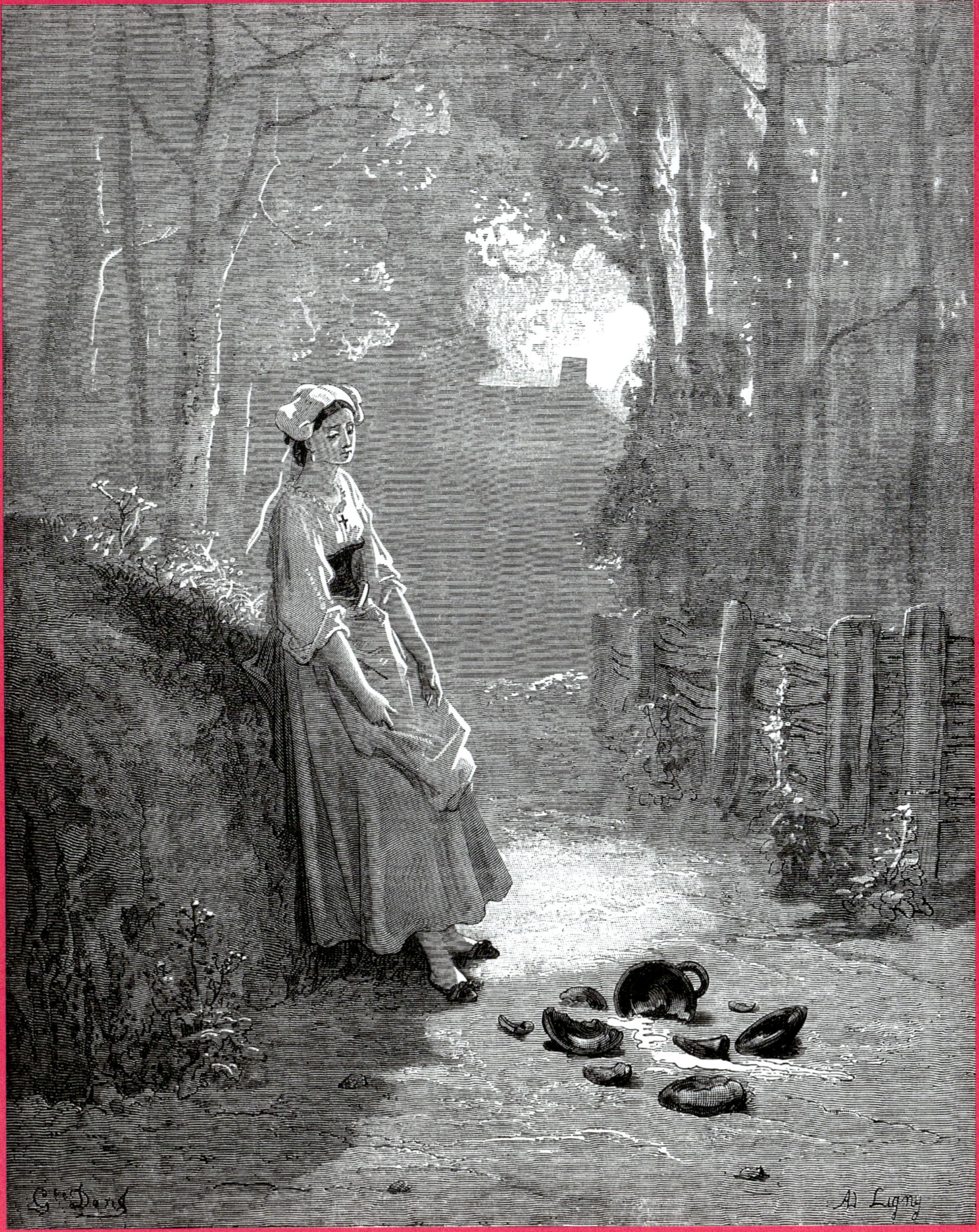

O Avarento e o Macaco

Um homem acumulava tudo o que recebia. Como se sabe, tal mania pode se tornar uma doença. Nosso homem não pensava em mais nada além de escudos e ducados. A meu ver, a moeda ociosa nada vale.

Para maior segurança de seu tesouro, ele vivia em um lugar que Anfitrite defendia dos ladrões. Ali, com deleite, frívolo e vão para mim, acumulava riquezas sem cessar, passava o dia e a noite contando e recontando sua fortuna, e sempre encontrava alguma diferença.

Um Macaco, a meu ver, mais sensato que seu dono, jogava alguns dobrões pela janela todos os dias. Era por isso que a contagem nunca batia. Como a porta do quarto ficava bem fechada, não havia perigo em deixar dinheiro sobre a mesa.

Dom Macaco teve a ideia de oferecer um sacrifício ao oceano. A verdade é que, quando comparo os gostos do Mono com os do Avarento, não sei quais são mais válidos. Alguns votarão em Dom Macaco; a questão, no entanto, é muito discutível para mim.

Um dia, então, o animal, sempre disposto a fazer alguma gracinha, foi pegando uma moeda atrás da outra e jogando ao mar todas aquelas pecinhas metálicas que os homens desejam acima de todas as coisas do mundo. Se o Avarento não tivesse ouvido e corrido para trancar sua fortuna, todos os dobrões teriam voado para o abismo que guarda a riqueza de tantos naufrágios.

Que Deus livre dessa sorte tantos e tantos capitalistas que não fazem melhor uso de seu capital!

A Raposa, o Lobo e o Cavalo

Uma Raposa, ainda jovem mas das mais dissimuladas, viu pela primeira vez um Cavalo e disse a certo Lobo, um tanto inexperiente: "Venha ver um animal belo e corpulento que está passeando em nossa pradaria. Ainda estou encantada, parece uma visão." "É mais forte do que nós dois?", perguntou o Lobo, rindo. "Descreva-o para mim, como se fosse pintar um retrato dele", disse a Raposa. "Quem sabe ele seja uma presa que Fortuna nos enviou?"

Foram até o lugar em que o Cavalo pastava; ele não viu nenhuma graça na aproximação daquelas duas criaturas sorrateiras. "Senhor", disse a Raposa, "nós, seus humildes servos, gostaríamos que nos dissesse seu nome." O Cavalo, que não era nada bobo, lhes respondeu: "Leiam meu nome, senhores; o Sapateiro o escreveu na ferradura". A Raposa se desculpou, disse que estudou pouco. "Por serem muito pobres, meus pais não puderam me mandar para a escola. Já os do Lobo, gente de posses e muito inteligentes, o ensinaram a ler." O Lobo, lisonjeado com aquelas palavras, se aproximou. O que lhe custou sua vaidade? Um par de coices e seus dentes; o infeliz rolou por terra, tonto e ensanguentado. "Irmão," disse-lhe a Raposa, "o animal que o atingiu nas mandíbulas confirma o que dizem por aí: é insensato confiar em desconhecidos."

O Macaco

Há um Macaco em Paris a quem deram uma Esposa. Imitando, como um bom Macaco, alguns maridos, ele batia na Esposa. Gemeu e suspirou tanto a infeliz Dama, que, por fim, morreu. O filho deles reclama de tal sorte: clamores inúteis; seu Pai ri-se deles. Morta a mulher, arranjou outros amores em quem passou a bater do mesmo jeito. Frequenta a taberna e se embriaga quase todos os dias.

Não esperem nada de bom dos Imitadores, sejam eles Macacos ou Literatos; os últimos, os autores, são ainda piores.

Os Companheiros de Ulisses

Ao Monsenhor, o duque de Borgonha

Consenti, Príncipe, objeto único dos desvelos dos deuses, que eu trabalhe em favor de vossos interesses. Tarde vos ofereço esse presente de minha Musa; os anos e os trabalhos me desculpam. O herói, de quem vosso espírito recebeu tão valiosas qualidades, quisera fazer o mesmo na profissão de Marte e a culpa não é vossa se não marchais a passos de gigante pelo triunfal caminho da Glória. Um deus vos detém: nosso Soberano, que em um mês dominou e venceu a guerra. Foi necessária, então, essa rapidez; hoje talvez fosse temerária. Eu me calo, pois os Risos e os Amores não gostam de discursos demasiadamente longos.

Esses Deuses são os que formam vossa corte e nunca a abandonam. Não quer dizer que outras divindades não tenham lugar nela: a Razão e a Sanidade sempre estão presentes. Consultai sobre certo caso em que os gregos imprudentes se entregaram ao poder de uma Feiticeira que transformaria homens em brutos.

Os Companheiros de Ulisses, depois de dez anos de aflições, navegavam receosos de sua sorte e à mercê dos ventos. Chegaram a uma praia onde a filha do dia, a formosa Circe, mantinha sua corte. Ela lhes deu uma bebida muito saborosa, que estava envenenada. Primeiro, eles perderam a razão e, em seguida, cada um deles se transformou em um animal diferente. Alguns foram convertidos em Ursos; outros, em Leões e Elefantes; enquanto alguns ganharam grande corpulência, outros se reduziram à pequenez de um Ratinho. Somente Ulisses escapou da transformação porque desconfiou da poção. E como unia em sua sabedoria o espírito de um herói e modos agradáveis, deu para a Feiticeira um veneno quase tão mortífero quanto o dela. Uma Deusa não sabe ocultar o que sua alma sente, e Circe declarou sua paixão por Ulisses. O guerreiro grego era sagaz demais para perder tão boa oportunidade, e arrancou da Ninfa a promessa de devolver seus companheiros à normalidade. "Você sabe, porém," ela perguntou, "se eles querem recobrá-la? Pergunte-lhes se querem voltar a ser homens."

Ulisses apressou-se até seus camaradas: "Tenho o antídoto e venho lhes perguntar: meus amigos, querem voltar a ser homens? Preciso que me respondam agora". Falou o Leão, acreditando rugir: "Não sou tão idiota para renunciar aos dons adquiridos! Tenho garras e presas, e destroço qualquer um que me atacar. Sou rei. Por que iria querer me converter em mero cidadão de Ítaca, um soldado raso, provavelmente? A mudança não me interessa".

Ulisses, então, se dirigiu ao Urso: "Como você está mudado, meu irmão! Tão feliz!". "Sim, é verdade", respondeu o Urso. "Aqui sou o que sou, um Urso. Quem lhe disse que uma aparência é melhor do que a outra? Acha que tem o direito de julgar a nossa? Quem tem de gostar de mim é a Ursa, pela qual estou apaixonado. Minha aparência desagrada seus olhos? Pois volte-se, siga seu caminho e me deixe em paz. Vivo livre e feliz, sem obrigações ou preocupações, e digo, sem mais rodeios, que recuso mudar de aparência." O Príncipe grego foi fazer a proposta ao Lobo e, ao receber outra negativa, argumentou: "Aflige-me, companheiro, que uma Pastora jovem e bonita se lamente que você tenha devorado suas ovelhas. Em outro tempo, você teria defendido e salvado o rebanho dela:

levava, então, uma vida mais honesta. Deixe essa pele e volte a ser um homem de bem." "Não o entendo", respondeu o Lobo. "Trata-me como fera carnívora, mas e você, o que é? Se eu não tivesse comido as ovelhas, cujas mortes os pastores lamentam, você não as comeria em meu lugar? Eu seria menos sanguinário do que sou se eu fosse homem? Por interesses quaisquer o homem guerreia e destrói: quem é mais Lobo para o homem do que o próprio Homem? Pensei bem e sustento que malvado por malvado, vale mais ser Lobo do que Homem; então, quero continuar Lobo." Ulisses fez as mesmas perguntas a todos e obteve as mesmas respostas de todos. A liberdade, o espaço aberto e o trabalho a sua volta eram suas maiores delícias, e todos renunciaram ao privilégio de trabalhar pelo bem comum. Ao seguir paixões e vícios, acreditaram ganhar emancipação, quando, na verdade, tornaram-se escravos deles.

Príncipe, quis escolher um assunto em que eu pudesse mesclar o útil ao agradável; o propósito era bom, mas a escolha, difícil. Vieram-me à mente os Companheiros de Ulisses. Como eles, há muitos no mundo: pessoas a quem servirão de castigo a vossa censura e a vossa raiva.

A Águia e a Gralha

A Águia, rainha dos ares, e a humilde Gralha, distintas no caráter, na inteligência, no idioma e nos trajes, atravessavam uma pradaria juntas. A casualidade as havia reunido naquele lugar distante. A Gralha tinha medo, porém a Águia, que havia se alimentado muito bem, tranquilizou-a, dizendo: "Vamos viajar juntas. Se o Deus dos deuses, que governa o universo, se entedia muitas vezes, também eu, que sou sua serva, posso me entediar. Entretenha-me, pois, e sem cerimônia".

Então, a ave tagarela começou a falar tudo o que lhe vinha à mente. Aquele tagarela que Horácio disse que falava sem parar de si mesmo, exaltando as próprias virtudes, não podia sequer se comparar a nossa Gralha. Ela ofereceu inteirar a Águia do que ocorria em todas as partes, como uma boa espiã, os deuses bem sabem, indo de cá para lá para lhe contar o que viu e veria. A Águia não viu graça nenhuma nessa proposta e lhe disse, enraivecida: "Pois fique com os seus, minha querida. E que os deuses os guardem. Não preciso de uma faladeira como você na minha corte. Além disso, detesto mexericos".

E a Gralha foi embora, muito satisfeita.

Não é tão fácil como parece entrar nos palácios das Divindades. Esta honra custa, às vezes, angústias mortais. Os de língua comprida, Espiões de rostos risonhos e de corações muito distintos, ali são frequentemente odiados, mesmo que se vistam com duas cores, tal qual a Gralha.

O Gato velho e o Ratinho

Um Rato jovem e inexperiente quis amolecer um Gato velho implorando por sua clemência e desarmando o Raminagrobis com argumentos. "Deixa-me viver", dizia. "Como pode um Ratinho tão pequenino como eu prejudicar essa casa? Não vou fazer mal a seus donos. Eu me alimento com um grão de trigo; com uma noz fico até barrigudo. Agora, estou magro; espere um pouco e reserve-me como refeição para seus filhotes." Assim dizia o Ratinho ao Gato enquanto estava preso em suas garras.

O Gato lhe respondeu: "Você está querendo argumentar comigo? Seria melhor se falasse aos surdos. Um Gato velho perdoar? Isso não acontecerá nunca! Morre, pois, e vá dirigir suas lengas-lengas às Parcas: para meus filhotes não faltarão outros banquetes".

E cumpriu sua palavra. À fábula que acabei de contar, dou a seguinte moral: a Juventude tem a ilusão de que pode conseguir tudo; a Velhice não tem piedade e é dura de coração.

O Cervo doente

Em um país repleto de Cervos, um deles ficou doente. Seus camaradas foram vê-lo, auxiliá-lo, consolá-lo: nunca fora tão importunado. "Ah, senhores," dizia, "deixem que eu morra em paz! Permitam que a Parca me despache da forma costumeira e parem de chorar." Nada feito: os Consoladores cumpriram seu dever com tanta devoção que de lá somente arredaram pé quando Deus assim quis. Mas não o fizeram sem antes cada um comer um bocado da vegetação que cercava o enfermo, que, então, ficou sem provisões. A doença do Cervo piorou, pois não havia mais nada para comer; ele teve de jejuar e, no fim, morreu de fome.

Que preço os que precisam dos médicos do corpo e da alma pagam! Porém, por mais que eu grite, *O tempora, o mores!**, todos pagam por ele.

* *"Que tempos os nossos!" é uma frase célebre de Cícero que está na 2ª catilinária.*

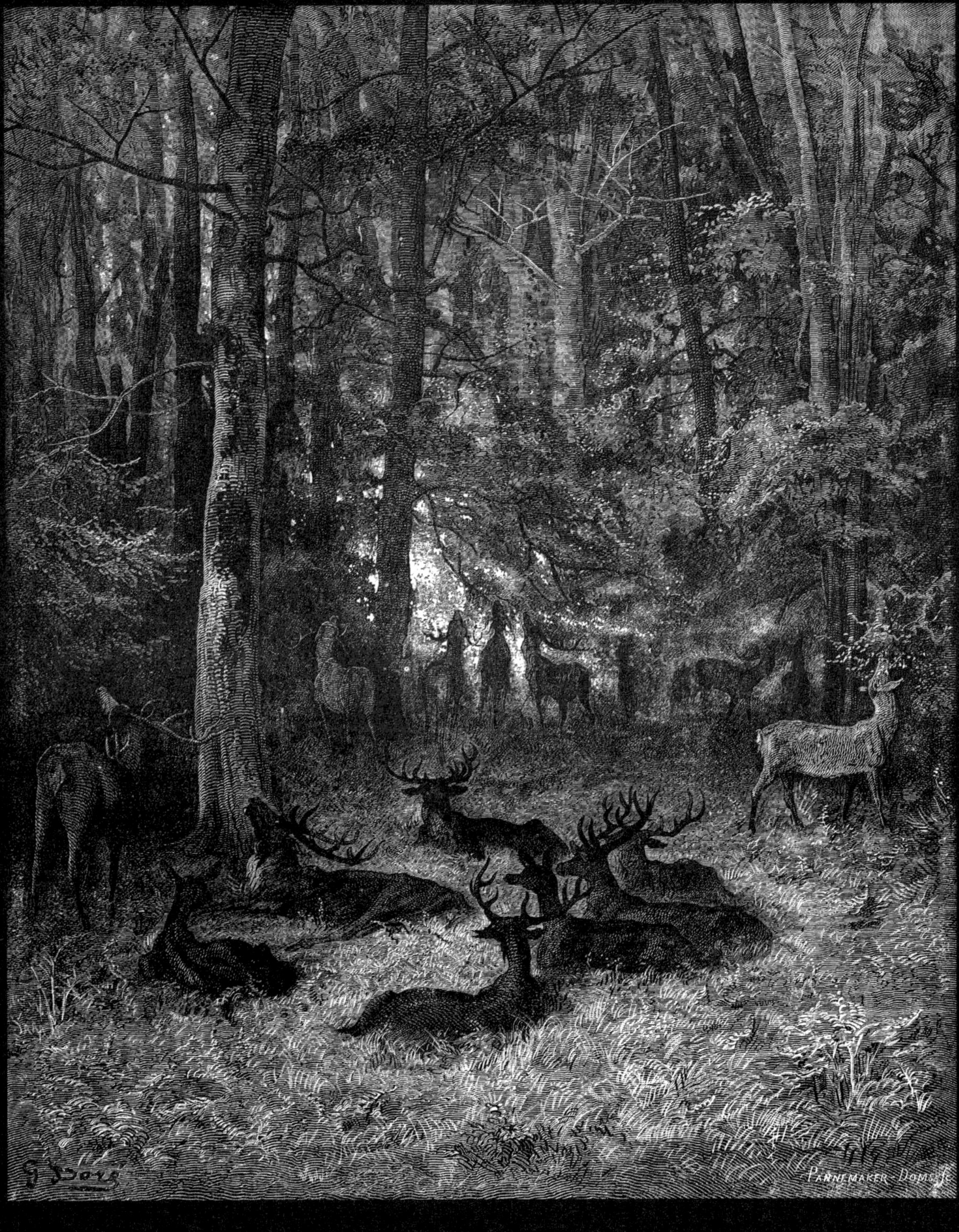
G. Doré
PANNEMAKER-DOMS. Sc.

O Amor e a Loucura

No Amor, tudo é mistério: flexas, aljava, tochas, infância; apurar o que é e significa é uma tarefa árdua. Também não pretendo explicá-lo aqui; meu objetivo se reduz a dizer, a meu modo, como o cego perdeu a visão (é um Deus) e quais as consequências dessa desgraça que foi, talvez, uma sorte. Não me atrevo a opinar.

A Loucura e o Amor estavam brincando um dia, e o último ainda enxergava. De repente, começou uma briga entre os dois; o Amor quis que o conselho dos deuses se reunisse para resolvê-la; a Loucura não concordou e, perdendo a paciência, deu um golpe tão forte no adversário que o privou da visão. Vênus pediu vingança. Mulher e mãe, a suplicou com tanta força que, aturdidos, Júpiter, Nêmesis, os Juízes do Inferno e todos os cúmplices se apressaram em atendê-la. Alegou a enormidade do feito e da ofensa: seu filho não poderia mais dar um passo sem o auxílio de uma bengala; não havia castigo suficiente para tal crime e o dano deveria ser reparado.

Examinando o interesse Público e o da Parte, a sentença da Suprema Corte foi condenar a Loucura a servir de guia para o Amor eternamente.

As duas Cabras

Assim que as cabras pastam as primeiras relvas, seu caráter livre as faz experimentar a sorte: saem em busca de pastos em paragens menos frequentadas e, por algum motivo, essas damas caprichosas dão preferência a lugares onde não há trilhas e a penhascos que dão em profundos precipícios. Nada detém esse animal, um mestre em escaladas.

Esse foi, pois, o caso de duas Cabras aventureiras. Elas deixaram o prado onde pastavam e seguiram casualmente para o mesmo lugar onde havia um arroio. Sobre ele, servindo de ponte, havia um tronco de árvore. E assim, ficando cada Cabra numa ponta do tronco, iniciaram a travessia e aumentaram o perigo de cair na profundeza do arroio.

Parecia que eu via Luís, o Grande, seguindo ao encontro de Filipe IV na Ilha da Conferência.

Foram avançando, passo a passo e frente a frente, nossas amazonas e, sendo ambas valentes e altivas, não quiseram ceder caminho uma para a outra. Uma delas vangloriava-se de ter entre seus antepassados uma cabra de mérito singular, aquela com que Polifemo presenteou Galateia; a outra, tinha na família nada menos que a cabra Amalteia, a que amamentou Júpiter! Por não retrocederem, sofreram igual sorte: as duas caíram na água.

Não é novidade esse tipo de acidente no caminho da Fortuna.

Os dois Papagaios, o Rei e seu Filho

Dois Papagaios, pai e filho, viviam à custa de um Rei. Dois semideuses, pai e filho, haviam eleito aqueles Pássaros como seus favoritos. A idade os unia numa amizade estreitíssima; os dois pais, Papagaio e semideus, se gostavam bastante; os dois filhos, apesar de serem frívolos, estavam igualmente ligados, por terem sido criados juntos e por serem amigos de escola. Era uma grande honra para o Papagaio filho, pois o rapaz era um Príncipe e seu pai, um Rei. O Príncipe era um aficionado de papagaios. Um Pardal, muito educado e muito galante, o agradava muito também.

Certo dia, o Pardal e o Papagaio converteram a brincadeira em discórdia, como costuma acontecer com os mais jovens. O Pardal, menor e mais fraco, tomou tantas bicadas que, arrastando a asa, parecia próximo a sucumbir. O Príncipe, indignado com o que estava vendo, matou o Papagaio.

A notícia chegou aos ouvidos do Papagaio pai; o pobre velho gritou e se desesperou em vão. A Ave falante, ou melhor, ex-falante, já seguia na barca de Aqueronte. Enfurecido, o pai foi agredir o Príncipe, arrancou-lhe os olhos, fugiu e buscou proteção na copa de um pinheiro. Lá, no ninhos dos Deuses, saboreou sua vingança, seguro e tranquilo.

O Rei em pessoa foi procurá-lo e lhe disse, para atraí-lo: "Volte para casa, meu amigo. Por que haveremos de chorar? Ódio, vingança, duelo, vamos deixar tudo para lá. Tenho de confessar, por maior que seja minha dor, que a culpa é nossa. O agressor foi meu filho; meu filho, não, o Destino fatal é o culpado. A Parca havia escrito em seus livros que um de nossos filhos haveria de morrer e o outro ficaria cego. Consolemo-nos, volte para sua gaiola". O Papagaio respondeu: "Senhor Rei, achas que depois de tal ofensa posso confiar em ti? Alegas que foi o Destino; queres me enganar? Seja o Destino ou a Providência quem governa o mundo, está escrito que terminarei meus dias na copa desse pinheiro ou em outro rincão da selva frondosa, uma vez que serei sempre para ti motivo de ira e furor. Sei que a vingança é própria de um Rei, pois vives como os Deuses. Podes esquecer essa ofensa, não nego; porém, pelo que pode vir a me acontecer, melhor eu ficar distante de tua mão e de tua vista. Senhor Rei, meu amigo, podes voltar, perdes tempo. Não me fale em retornar a tua casa: a ausência é um bom remédio contra o ódio e também contra o amor".

O Gato e o dois Pardais

Ao Monsenhor, o duque de Borgonha

Um Gato, contemporâneo de um jovem Pardal, vivia junto dele desde os primeiros dias de vida. A Gaiola e a Cesta estavam sempre lado a lado. Brincavam às vezes, os dois camaradas, esgrimindo com as patinhas, o Gato e, com bicadas, o Pássaro. O felino tratava o amiguinho com muito zelo, jamais colocava as garras para fora. Já o pássaro, menos cauteloso, devolvia as delicadas patadas com tremendas bicadas. Criatura prudente e ajuizada, o senhor Gato procurava evitar essas brincadeiras. No entanto, como se conheciam desde a primeira infância, mantinham a paz de costume e nunca chegaram a brigar de verdade.

Até que um dia, um Pardal da vizinhança veio visitá-los e as duas aves firmaram uma camaradagem que não durou muito. Por algum motivo brigaram e o Gato se intrometeu na briga. "Ora, esse atrevido não vai insultar meu bom amigo!", exclamou. E, atacando o intruso, o comeu. "Nunca pensei que Pardal tivesse um gosto tão bom", disse. "É realmente apetitoso!" Assim dizendo, devorou o amigo também.

Que moral se deduz desse caso? Sem moral, toda fábula é uma obra imperfeita. Creio haver algo no fundo dela, porém, de uma maneira um tanto confusa. Príncipe, vós a encontrareis: para vossa perspicácia, é facílimo aquilo que é difícil para minha Musa e suas irmãs, que não têm vosso gênio perspicaz.

A Floresta e o Lenhador

O Lenhador perdeu o cabo de seu machado. E enquanto não o substituía, a Floresta teve alguns dias de paz. Por fim, nosso homem suplicou à Floresta que lhe permitisse tomar apenas mais um galho para fazer outro cabo. Prometeu que sairia dali para ganhar a vida em outro lugar, que deixaria em paz esse e aquele carvalho, esse e aquele pinheiro, os quais todos admiravam pela idade e frondosidade. A inocente Floresta lhe proveu novas armas. E se arrependeu. Tão logo o Lenhador consertou seu machado, passou a despojar a benfeitora de suas melhores árvores. Gemia a Floresta a cada segundo; o presente que dera generosamente era o instrumento de sua dor.

Assim age o Mundo: faz-se o mal contra quem faz o bem. Estou cansado de repetir. A ingratidão e o abuso sempre estarão em moda.

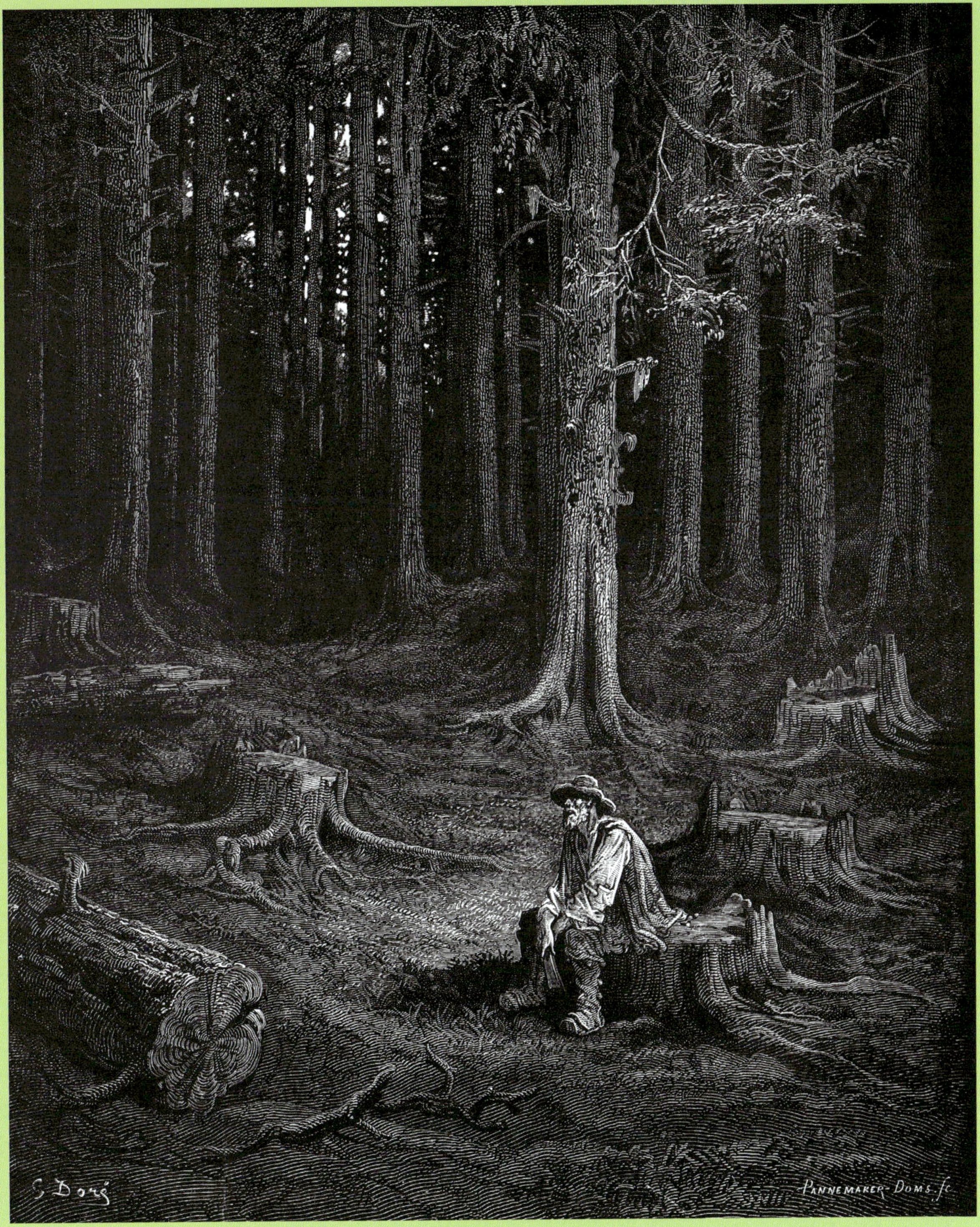
G. Doré
PANNEMAKER-DOMS. fc.

Os Deuses que queriam instruir um filho de Júpiter

Ao Monsenhor, o duque Del Maine

Júpiter teve um filho que bem deixava ver sua origem, pois sua alma era inteiramente divina. Aquele deus dócil se comprazia em querer agradar a todos. Nele, o amor e a razão antecipararam o tempo e suas asas ligeiras nos trouxeram, muito rápido, infelizmente!, cada estação.

Flora, a deusa dos olhares risonhos e de doce trato, foi a primeira a tocar o coração do jovem do Olimpo. O que a paixão pode inspirar, os sentimentos suaves e delicados, as lágrimas e os suspiros, tudo isso ela lhe ensinou, sem esquecer nada. O filho de Júpiter devia, por sua origem, ter outro espírito e outros dons. Parecia que agia somente por reminiscência e se tivesse feito, em outros tempos, o papel de amante, o representaria com perfeição. Júpiter, contudo, quis dar-lhe uma instrução completa, então, reuniu os Deuses e lhes disse: "Tenho governado o Universo, até o presente momento, sozinho e sem ajuda, mas há várias tarefas que tenho de atribuir a novos Deuses. Tenho posto os olhos sobre esse filho querido.

É meu próprio sangue: em todas as partes o consagram em altares. Porém, para merecer o lugar dos imortais, é preciso que ele conheça tudo". O mestre do trovão foi aplaudido antes mesmo que terminasse de falar. O Deus da guerra se adiantou em dizer ao jovem, ao qual sobrava inteligência: "Vou ensinar-lhe a arte à qual tantos Heróis participaram, honraram o Olimpo e engrandeceram nosso império". "Já eu serei seu mestre na arte de tocar a lira", disse o louro e culto Apolo. "Quanto a mim," falou Hércules, "farei que domine os vícios e as paixões que nos envenenam como Hidras e que, sem cessar, renascem nos corações. Inimigo que sou do ócio, aprenderá de mim os ásperos caminhos que conduzem às honras, seguindo os passos da virtude." Quando chegou a vez do deus de Cythère, ele disse que lhe ensinaria tudo.

    O Amor tinha razão. O que não é capaz de conseguir a inteligência se unida ao desejo de agradar?

O Fazendeiro, o Cão e a Raposa

O Cão e a Raposa são maus vizinhos, eu não ficaria perto deles. A Raposa espreitava as galinhas de um Fazendeiro o tempo todo e, embora fosse muito sagaz, não conseguia capturá-las. De um lado, o perigo; do outro, o apetite. Sentia-se pressionada. "Como é possível? Zombam impunemente de mim. Vou e volto, fico calculando, apelo a mil ardis e esse bruto, em sua casa, tranquilo, ganha dinheiro com elas, converte em bons escudos seus capões e frangos, e sempre leva algum para a panela. E eu, mestra espertíssima, canto vitória quando consigo apanhar um galo velho e duro! Para quê senhor Júpiter me destinou o ofício de Raposa? Juro por todas as potências do Olimpo que hei de fazer a ceia dos meus sonhos."

Ruminando a vingança, escolheu uma noite em que todos dormiam profundamente: o Fazendeiro, os criados, o Cão, as galinhas, os capões e os frangos. O Fazendeiro cometeu a tolice de deixar o galinheiro aberto. A ladra deu várias voltas, mas conseguiu entrar onde queria e despovoou o lugar, deixando-o cheio de mortos. Constataram sua crueldade à luz do Sol: no galinheiro, havia somente corpos ensanguentados. Em um espetáculo semelhante, Apolo, enfurecido contra os orgulhosos Átridas, cobriu o acampamento deles de mortos, deixando quase toda a linhagem grega destruída em uma só noite. Do mesmo modo também agiu o impetuoso Ajax ao destroçar os bodes e carneiros em torno de sua tenda, acreditando matar Ulisses e os culpados da injustiça que lhe roubou o prêmio desejado. A Raposa, como Ajax, foi cruel com os galináceos, levou o que pôde e deixou o resto estendido pelo chão. O dono voltou-se contra o Cão. É o que sempre acontece. "Maldito animal!", gritava. "Não serve para nada. Como não percebeu a matança desde o início?" "E por que você não a impediu?", respondeu o Cão. "Teria sido mais fácil. Você é o principal interessado, mas não se lembrou de fechar a porta. Quer que eu, que não sou mais que um animal, perca minhas horas de descanso se não me interesso por galinhas?"

Esse Cão não argumentava mal, mas o que disse soaria bem apenas na boca do dono. Decidiu o dono que era um simples e inútil Cão e lhe deu uma surra.

Seja quem for, oh, pai de família (Honra que nunca invejei!), confiar em olhos alheios enquanto dorme não é bom. Cuide você mesmo de trancar a porta do galinheiro. Quando o assunto é de seu interesse, não use intermediários.

Os sonhos de um habitante da Mongólia

Um habitante da Mongólia viu em sonhos um Vizir que gozava felicidade pura e infinita, tanto em intensidade quanto em duração, nos Campos Elíseos. Em outra parte, havia um Ermitão que vivia em meio a chamas, algo de causar compaixão até nos mais desventurados. Tanto o assombrou aquele sonho que despertou de repente e foi buscar quem o explicasse. O intérprete lhe disse: "Não se surpreenda, seu sonho tem um significado. Se a prática me deu alguma luz nessas coisas, juraria que é um aviso dos Deuses. Durante seu trânsito pelo mundo, esse Vizir buscava com frequência a solidão, e esse Ermitão ia fazer corte aos Vizires."

Se me atrevesse a acrescentar algo às palavras do intérprete, recomendaria o amor à solidão. Esta oferece aos amantes benefícios sem cobranças, gozos puros e presentes dos céus. Oh, solidão, onde encontro uma doçura secreta, lugares que sempre amei? Poderei, algum dia, saborear o grato frescor de sua sombra aprazível longe do mundo e de seus ruídos vãos? Quando as Nove Irmãs me ocuparão por inteiro, longe da corte e da cidade? Quando me ensinarão os movimentos das esferas celestes, desconhecidos para nós, e os nomes e as virtudes desses errantes luminares que diversificam nossos destinos e nossas personalidades? E se não nasci para tratar de assuntos tão grandiosos, ofereça-me ao menos os brandos ribeirinhos para que pintem nos meus versos suas margens floridas.

A Parca não teceu as tramas de minha vida com fios de ouro. Não dormirei sob magníficos tesouros! Por isso o sonho vale menos? É menos profundo e menos cheio de delícias? Quando chegar a hora de me reunir aos mortos, terei vivido sem preocupações e morrerei sem remorsos.

A Raposa e os Perus

Uma árvore copada resguardava alguns Perus dos ataques de uma Raposa. A pérfida criatura deu voltas e mais voltas ao redor da árvore, mas ao reparar que todas as aves continuavam despertas e bem atentas, exclamou: "Riem-se de mim, suas insolentes? Acham que serão as únicas a escapar de minhas garras? Por Deus, não!". E cumpriu o que prometeu.

A lua, então brilhante, favorecia as aves contra a perseguidora. Porém, a Raposa não era principiante na arte da caça e apelou a todos artifícios: fingiu que queria escalar a árvore, se ergueu sobre as patas de trás, se fez de morta e ressuscitou logo em seguida. Nem um Arlequim teria pensado em tantas cenas! Levantou a cauda e nela fez reluzir a luz da lua... Entre outras mil peripécias, não deixou os Perus descansarem um só instante. Cansou os inimigos fazendo-os manterem atenção fixa no mesmo objeto. Os coitados, exauridos, iam caindo um a um, e, conforme caíam, ela os feria. Cerca de metade do grupo sucumbiu e foi parar na despensa da Raposa.

Quanto mais antentos estamos ao perigo, mais rápido caímos diante dele.

O Ancião e os três Jovens

Um octogenário plantava árvores.

"Construir, nessa idade, entende-se; porém, plantar árvores?", diziam três Jovens da vizinhança. "Sem dúvida, está caduco! Que fruto obterá de seu trabalho? Quantos anos você ainda tem de vida? Por que trabalhar para um futuro que não vai aproveitar? Pense nos erros passados, renuncie às esperanças futuras e aos empreendimentos ambiciosos. Este solo é bom somente para nós."

"Não é assim", respondeu o Ancião. "Tudo o que projetamos tarda em se realizar e dura pouco. As pálidas Parcas jogam da mesma forma com os seus dias e com os meus. Igualmente breves são suas vidas. Quem de nós será o último a ver a luz do dia? Meus bisnetos e tataranetos se lembrarão de mim como o homem honrado que se aplicou no trabalho para o bem alheio. Essa satisfação é um fruto que eu colho e saboreio hoje mesmo, e saborearei amanhã e alguns dias mais, pois é possível que eu veja muitas auroras sobre a sepultura de vocês."

O Ancião tinha razão.

Um dos três Mancebos se afogou no porto, indo para a América. Outro, ansioso por alcançar os primeiros postos nas missões de Marte, servindo à República, sucumbiu a um golpe imprevisto. O terceiro caiu de uma árvore que tentava cortar; e o Ancião, depois de chorar sua morte, escreveu na lápide funerária o que acabei de contar.

Os Ratos e a Coruja

Nunca digam "Ouve essa história" ou "Escute esse caso maravilhoso". Como vão saber se os que estão a sua volta querem ouvir suas histórias? Bom, isso não tem nada a ver com o que vou lhes contar, que é sim algo extraordinário e, embora pareça uma fábula, aconteceu de fato.

Foi derrubado um pinheiro muito velho, lar tenebroso de uma Coruja, a ave sinistra que Átropos escolheu para ser sua mensageira. Em seu tronco cavernoso, carcomido pelo tempo, ocultavam-se, entre outros habitantes, muitos Ratos rechonchudos e sem patas. A Coruja os alimentava com montes de trigo e os aleijava com bicadas. Temos de admitir que essa Ave raciocinava. Provavelmente, em suas primeiras caças, ela havia capturado alguns Ratos e os primeiros que pegou fugiram do seu ninho, que era o tronco do pinheiro.

Para impedi-los de fugir, a esperta Coruja mutilou todos os Ratos que veio a capturar depois. Privando-os de suas patas, pôde comê-los devagar, hoje um, amanhã outro. Comê-los de uma só vez era impossível, mas tinha de mantê-los vivos para garantir sua sobrevivência. Vêm os cartesianos tratar a Coruja como um monstro, uma máquina! Qual mecanismo poderia inspirá-la a prender de tal modo os Ratos e impossibilitar-lhes a fuga? Se isso não é raciocinar, não sei o que é a razão. "Quando prendo esses animaizinhos, eles escapam. Devo, pois, engoli-los assim que os capturo. Consigo engolir todos? Claro que não. Não convém guardar parte da presa para amanhã? Sim. A única solução é alimentá-los para que não morram, sem que escapem. Como? Cortando-lhes as patas".

Digam-me: os homens poderiam ter pensado em algo melhor? A lógica de Aristóteles supera a da Coruja em quê?

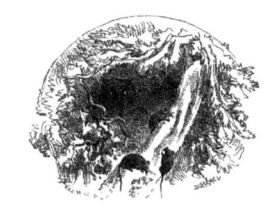

O Mercador, o Fidalgo, o Pastor e o Príncipe

Na busca por mundos novos, recém-salvos do furor das ondas, um Mercador, um Fidalgo, um Pastor e um Príncipe, reduzidos todos à condição de Belisário, pediam socorro e esmolas aos transeuntes. Contar como eles haviam se juntado, se eram de terras muito distantes, seria demasiado e desnecessário. Sentaram-se nas proximidades de uma fonte e, ali, os infelizes conversaram.

O Príncipe falou sobre a desgraça dos grandes. O Pastor opinou que fosse deixado de lado o pensamento de suas desventuras passadas e que cada um se aplicasse em atender às urgências do presente: "O que se consegue com queixas? Vamos trabalhar! Trabalhando chegaremos ao fim da jornada". Ao que o Fidalgo retrucou: "São palavras de um Pastor rústico!". "E daí?", respondeu o Pastor. "Crê, por acaso, que o Céu concedeu inteligência às cabeças coroadas e que um Pastor tem de ser ignorante como suas ovelhas?"

A opinião do Pastor foi aprovada pelos outros três e com ele naufragaram em praias da América. Um deles, o Mercador, era bom em matemática: "Darei aulas, ensinarei como fazer contas", dizia. "Quanto a mim, posso ensinar a arte de governar", falou o Príncipe. E o Fidalgo continuou: "Eu ensinarei a heráldica; abrirei escolas e explicarei como estudar e produzir escudos e brasões". Como se lá se valorizassem essas vaidades ridículas!

Disse-lhes, então, o Pastor: "Falaram muito bem, meus amigos. Porém, aulas não se pagam adiantadas, pagam-se em mensalidades e o mês tem trinta dias. Até que comecem a receber, como faremos para nos sustentar? Jejuaremos? Oferecem-me uma esperança alentadora, mas mentirosa. Quem de nós proverá a comida de amanhã? Melhor dizendo, contam com o quê para o jantar desta noite? É disso que temos de tratar antes de tudo. O saber que possuem é ineficaz agora, mas minha mão suprirá essa deficiência".

Em seguida, o Pastor se dirigiu à floresta; cortou lenha, vendeu-a e com o que conseguiu pôde impedir que naquele dia, e nos dias seguintes, a fome os fizesse exercitar todos aqueles saberes no inferno.

Deduzo desta aventura que não precisamos de tanto saber para nos conservarmos vivos. Graças aos dons da natureza, temos nas nossas próprias mãos o socorro mais rápido e seguro.

O Porco, a Cabra e o Cordeiro

Uma Cabra, um Cordeiro e um Porco bem gordo seguiam para a feira numa mesma carroça; não para se divertirem, claro, mas para serem vendidos. Dom Porco fazia um barulho ensurdecedor, enquanto os outros dois camaradas, mais dóceis, se admiravam que o Porco pedisse por socorro, pois não viam nada a temer.

O Carroceiro disse ao gritão: "De que tanto se queixa? Vai nos deixar surdos! Por que não fica quieto? Seus dois amigos deveriam lhe ensinar a viver ou pelo menos a se calar. Veja o Cordeiro, ele sequer abriu a boca! É um sábio!". "Não!", respondeu o Porco. "É um tonto. Se soubesse o que o espera, gritaria como eu. E essa outra, tão dócil, gritaria mais ainda. Pensam que apenas vão perder a lã e o leite, o Cordeiro e a Cabra. Talvez estejam certos, talvez não. Quanto a mim, como sou bom apenas para que me comam, nada me livrará da morte. Adeus, minha casa, meu lugar!"

Dom Suíno discursou bem, mas de nada adiantou. Quando o mal é certo, queixas e lamentos são inúteis, e, quem menos tenta adivinhar o futuro, é sempre o mais sábio.

O Círio

As abelhas provêm da mansão dos Deuses. As primeiras se instalaram, segundo contam, no Monte Himeto, e se saciaram dos dulcíssimos tesouros que os Zéfiros afagam.

Quando roubaram a ambrosia que essas filhas dos céus guardavam em suas casas, ou, para que todos entendam, quando somente sobrou a cera nos favos desprovidos de mel, começou a fabricação das grandes velas, os Círios. Um destes, vendo que o barro se convertia em ladrilho pela ação do fogo, quis lograr o mesmo privilégio. Como um novo Empédocles condenado ao fogo por sua insensatez, lançou-se ao forno. Que má ideia ele teve: aquele Círio não sabia nada de filosofia!

Tudo é distinto no mundo. Tire da cabeça, amigo leitor, que os demais seres são feitos da mesma matéria que você: o Empédocles de cera se fundiu nas brasas; foi tão louco quanto o outro.

Discurso à Madame de La Sablière

Posso elogiá-la, bela Íris; não há nada mais fácil. Porém, cem vezes recusou meus louvores, separando-se, com isso, do resto das mulheres, ansiosas por elogios, todos os dias. Não há dama que adormeça ao rumor encantador dos elogios. Não as censuro de modo algum, também sofro desse mal; é comum aos deuses, às damas e aos monarcas. Bebida vangloriada pelos poetas, néctar que servem ao deus do Trovão e com o qual embriagamos todos os Deuses da terra, é o elogio, Íris. Não vai prová-lo; a outras lhes caem melhor. A você a casualidade vai apresentando cem assuntos diferentes e, muitas vezes, o que predomina é a coisa menor, a ninharia. A insignificância, a ciência, a fantasia, as ocorrências menores, tudo serve para a conversa. A conversa é como um jardim onde Flora derrama seus dons; onde a Abelha pousa em mil flores diferentes, delas tira o néctar e faz o mel.

Dito isso, não julgue ruim que estas Fábulas mesclem, também, as ideias de certa Filosofia sutil, empreendedora e ousada. Nós a chamamos de nova.

Já ouviu falarem dela ou não? Dizem que o animal é uma máquina, que tudo faz por instinto, sem pensar que não tem sentimento nem alma, que é apenas matéria. Como o relógio que caminha a passos sempre iguais, cego e inconsciente. Abra-o, examine suas entranhas: são engrenagens e mais engrenagens que fazem o papel da inteligência. A primeira engrenagem move a segunda, que move a terceira e, ao fim, soam as badaladas. No que dizem, o mesmo acontece com qualquer animal: a necessidade o estimula num certo ponto. Este lugar estimulado comunica a novidade ao vizinho e, assim, ela chega até nós. Verifique o estímulo, porém, como verificá-lo? Segundo eles, pela necessidade, sem paixão, sem vontade. Um animal fica agitado com movimentos que o vulgo chama de tristeza, júbilo, amor, prazer, dor ou algum outro estado de espírito. Mas não é nada disso, não se engane. O que é, então? Um relógio. E o que somos nós? Outra coisa. Vejamos a explicação de Descartes.

Descartes, esse mortal que vem sendo proclamado o deus dos Pagãos e que faz o intermédio entre o homem e o espírito, como também o fazem entre o homem e a ostra tantos indivíduos que conhecemos, e que não são mais do que bestas de carga, Descartes, repito, raciocina deste modo: superior a todos os animais, filhos do Criador, tenho o dom de pensar, logo, penso. Como bem já compreende, Íris, quando os animais pensam, não refletem sobre o objeto nem sobre o pensamento em si. Descartes vai mais longe e afirma que eles não pensam de maneira alguma. Você não é obrigada a acreditar nele, nem eu. No entanto, na selva, o ruído das armas de caça e os gritos dos caçadores não deixam a presa fugitiva descansar; o velho Cervo, carregado pela idade, depois de se esforçar em vão para apagar e confundir as pistas, obriga um cervo mais novo a mostrar-se como isca aos cães. Quanta astúcia para conservar sua vida! O retorno sobre suas pegadas, os truques e as voltas, as mudanças e outros cem estratagemas dignos dos líderes mais espertos e dignos, também, de melhor sorte! Depois de morto o cervo, cortam seu corpo em pedaços: são essas suas honras fúnebres.

Quando a Perdiz vê seus filhotes em perigo, filhotes cujas plumas novinhas não permitem que escapem pelos ares, finge estar ferida e, arrastando a asa, atrai para si o Caçador e o Cão, desvia o perigo e salva sua prole. Depois, quando o Caçador crê que o Cão irá capturá-la, ela se despede dele e sai voando, rindo do homem, que, confuso, a segue com os olhos.

Perto do Norte, há um mundo cujos habitantes vivem em tão profunda ignorância quanto nas eras primitivas. Falo dos homens, pois, quanto aos animais, estes constroem diques que detêm as torrentes e permitem a comunicação de uma margem a outra. Essa construção resiste ao embate das águas. Fazem uma cama de madeira e a fortalecem com uma cobertura de argamassa. Todos os Castores tomam parte da obra: a tarefa é comum. O velho faz com que o jovem trabalhe sem trégua, e os mestres de obras dirigem e governam tudo. *A República* de Platão seria um mero aprendiz para essa família anfíbia, que constrói suas casas no inverno e atravessa os lagos pelas pontes, outro fruto de sua arte; enquanto isso, nossos semelhantes, apesar desses exemplos, não fazem nada mais do que atravessar a água a nado.

Que esses Castores sejam corpos sem espírito, nada me fará crer. Porém, há mais: escute esse caso de um glorioso monarca. Vou citar um príncipe vitorioso. Seu nome já é uma barreira contra o Império Otomano, o Rei polonês. E um rei nunca mente.

Ele disse que, nas fronteiras de seu reino, os animais vivem em guerra constante. A discórdia é transmitida de uma geração a outra. Dizem que esses animais são irmãos da raposa. Nunca se fez a guerra com tanta arte entre os humanos, nem mesmo no presente século. Corpos de guarda avançados, torres de observação, espiões, emboscadas, guerrilhas e outras mil invenções de uma ciência perniciosa e maldita, filha de Estige, mãe de heróis, é exercício desses animais o bom-senso e a experiência. Para cantar suas batalhas, Aqueronte deveria nos devolver o bom Homero. Ah, se o tivéssemos de volta e também seu rival, Epicuro! O que diria este último de tais exemplos? Aquilo que já disse: que os animais podem trabalhar todos estes prodígios da natureza com seus próprios meios; que a memória é corporal e que, para explicar os vários casos que são citados nestes versos, o animal só precisa dela.

O objetivo, quando volta a se apresentar, vai buscar no armazém da memória, pelo mesmo caminho, a imagem anteriormente desenhada, a qual, pelos mesmos passos, retorna sem a intervenção do pensamento, causando o mesmo efeito. Nós agimos de outro modo. A vontade nos determina, não a necessidade nem o instinto. Eu falo, eu caminho, sinto um agente dentro de mim; tudo responde, na minha máquina, a esse princípio inteligente. É distinto do corpo e se concebe com clareza, até melhor do que o próprio corpo. É o árbitro supremo de todos os nossos movimentos; porém, como trabalha sobre o corpo? Esta é a questão: vejo a ferramenta obedecer à mão, mas a mão, quem a guia? Ah! Quem guia o Céu em sua rápida corrida? Algum Anjo está conectado a este grande corpo. Vive em nós um espírito e é ele quem rege todos os nossos movimentos. A emoção aparece em nosso ser por meio dos sentidos; como isso acontece, eu ignoro. Apenas a descobrimos no seio da Divindade e, temos de ser francos, Descartes também a desconhecia. Somos todos iguais neste ponto.

O que sei, Íris, é que nesses animais, cujo exemplo foi citado, o espírito não atua: o homem é o único templo do espírito. Mesmo assim, há de se conceder ao animal uma faculdade que a planta não tem e, no entanto, também vive e respira. Mas como explicar o que vou contar?

O Milhafre e o Rouxinol

Depois que o Milhafre, bandido declarado, espalhou terror pela vizinhança, um Rouxinol teve a má sorte de cair em suas garras. O trovador da primavera implorou pela vida. "Por que vai querer comer uma avezinha que não tem mais que o seu canto? Escuta minhas canções; cantarei sobre a paixão de Tereu." "E quem é, Tereu?", perguntou-lhe o Milhafre. "Por acaso é um bom manjar para milhafres?" "Não, senhor!", respondeu o Rouxinol. "Tereu foi um monarca, de quem o amor fogoso acendeu em meu peito a inspiração. Verá que é uma canção muito bonita, agrada a todos, tenho certeza de que também o encantará." Respondeu-lhe o Milhafre: "Estou faminto e vem falar-me de música?" "Minha música fala aos reis!", retrucou o Rouxinol. "Pois bem," disse o Milhafre, "quando algum rei o apanhar, conte-lhe essas histórias que não interessam a milhafres. Estômagos vazios não têm ouvidos."

Os dois Ratos, a Raposa e o Ovo

Dois Ratos buscavam o que comer e encontraram um Ovo. Jantar suficiente para gente tão miúda! Eles não precisavam encontrar um bife. Iam dividir o Ovo, quando surgiu uma terceira figura. Era a senhora Raposa, encontro inoportuno e infeliz. Como salvariam o Ovo? Pensando bem, levá-lo empurrando com as patinhas dianteiras, fazê-lo girar ou arrastá-lo eram possibilidades tão difíceis quanto perigosas. A necessidade, sempre criativa, lhes inspirou outra ideia. Como tinham algum tempo para chegar ao esconderijo, já que a penetra estava à distância de um quarto de légua, um dos Ratos se deitou de costas e agarrou o Ovo com suas quatro patas, e o outro o arrastou pela cauda. Assim, com alguns tropeços e golpes, lograram seu intento. Que alguém me diga, depois de ouvir essa história, que os animais não têm inteligência!

Quanto a mim, se eu decidisse, daria a eles a mesma inteligência das crianças. Elas não pensam desde seus primeiros anos? Pois do mesmo modo poderiam pensar os seres que não têm consciência de si mesmos. Levando em conta este exemplo, eu concederia aos animais não uma razão igual a nossa, mas sim algo parecido com um instinto cego. E eu aperfeiçoaria a matéria, até o ponto de não se poder concebê-la sem esforço, convertendo-a na quinta-essência do átomo, no extrato da luz, em algo mais vivo e mais móvel que o fogo: porque se a lenha se converte em chama, a chama, purificando-se, nos pode dar alguma ideia da alma. Faria minha obra ser capaz de sentir e de julgar, nada mais que isso, inclusive capaz de julgar imperfeitamente, e nem um Macaco poderia argumentar o contrário. Em relação a nós, homens, deixaria muito melhor nossa condição: teríamos um duplo tesouro; teríamos essa alma igual ou parecida em todos, sábios, loucos, crianças, idiotas, em todos os seres animados que povoam o Universo; e teríamos, além disso, outra alma, que nos deixaria próximos, até certo ponto, dos anjos. Esse tesouro, criado à parte, seguiria pelos ares as falanges celestes e não teria fim, embora tivesse tido princípio. Durante a infância, essa filha do Céu, não nos pareceria mais que um fraco e tênue resplendor. E quando o organismo ficasse mais forte, a razão penetraria nas trevas da matéria, que envolveria, sempre, outra alma, imperfeita e grosseira.

Os Peixes e o Cormorão

Não havia nenhum lago, em toda a vizinhança, que não pagasse uma contribuição ao Cormorão. Até os viveiros e tanques lhe pagavam tributo. Sua cozinha ia muito bem, porém, quando a idade debilitou o pobre animal, a mesma cozinha começou a ir mal. Todo Cormorão é seu próprio abastecedor. O de nossa fábula, muito velho para enxergar o fundo das águas, e desprovido de anzóis e redes, sofria de fome extrema. O que ele fez? A necessidade, especialista em estratagemas, o inspirou.

Na margem do lago, ele viu um Caranguejo e lhe disse: "Compadre, vá agora dizer ao povo aquático algo importante: estão prestes a desaparecer; o dono desse lugar virá pescar dentro de oito dias". O Caranguejo correu para dar o recado. Armou-se um grande alvoroço entre os Peixes, foram de um lado a outro, congregaram-se e, por fim, foram perguntar à ave: "Senhor Cormorão, como soube disso? Quem lhe contou? Está seguro do que está dizendo? Conhece algum remédio para o mal que nos ameaça? O que podemos fazer?". "Mudem de moradia", ele respondeu. "E como faremos para mudar?", os Peixes perguntaram. "Não se preocupem. Eu levarei todos vocês, um após o outro, para meu domicílio.

Somente Deus e eu sabemos onde fica. Não há esconderijo mais oculto. Uma piscina, escavada pela Natureza com suas próprias mãos, ignorada pela raça humana traidora, salvará seu povo."

Deram-lhe crédito. O povo aquático, um agora outro depois, foi conduzido até um rochedo pouco frequentado. Ali, o Cormorão, o bom apóstolo, os pôs em um lugar estreito e raso, cheio de água transparente, e um a um os ia colhendo, sem dificuldades. Assim, lhes ensinou que não devemos confiar naqueles que nos devoram. Não perderam muito, pois teriam sido pescados pelo homem. Tanto faz ser comido por um homem ou por um lobo; um dia a mais ou um dia a menos não faz muita diferença.

O Camponês do Danúbio

Nunca se deve julgar as pessoas pela aparência. O conselho é bom, mas não é novo. O equívoco de um ratinho me serviu para o discurso que farei. Tenho de convocar, para reafirmá-lo, o testemunho de Sócrates, de Esopo e de um Camponês das ribeiras do Danúbio, de quem Marco Aurélio fez um retrato fiel.

Conhecemos os primeiros; quanto ao outro, aqui está a descrição do personagem. Seu queixo era povoado por uma espessa cabeleira desgrenhada e todo seu corpo era tão cabeludo que parecia um Urso, mas um Urso bem maltratado. As sobrancelhas grossas ocultavam seus olhos; as vistas eram vesgas; o nariz, disforme, e os lábios, grossos; vestia uma roupa feita de pele de cabra e uma cinta de junco marinho circulava-lhe a barriga. Esse homem, que se apresentava dessa maneira, foi eleito mensageiro oficial das cidades banhadas pelo Danúbio: não havia, então, país algum em que a avareza do povo romano não pusesse as mãos.

Chegou, pois, o mensageiro, e fez um discurso tão contundente, brilhante e eloquente contra o assédio e a crueza do domínio romano diante do Senado, que este, assombrado, ao invés de puni-lo pela ousadia e imprudência, concedeu-lhe a cidadania romana, talvez não como prêmio, mas como castigo, quem sabe. Além disso, tudo o que disse o Campônio naquele discurso foi transcrito tal e qual, para que servisse de modelo para novos pretores nomeados e futuros oradores. Roma não considerou possível conservar aquela eloquência por muito tempo.

A Perdiz e os Galos

Entre Galos incivilizados, barulhentos e briguentos, vivia uma Perdiz. Sua feminilidade e os deveres da hospitalidade faziam-na esperar bons modos daqueles marmanjos, a quem fazer as honras do galinheiro era devido. Porém, aquelas aves briguentas, pouco respeitosas com a dama forasteira, costumavam lhe dar bicadas horríveis. A princípio, afligiu-se muito; porém, quando viu que aqueles furibundos pelejavam entre si sem tréguas, consolou-se.

"Estes são seus costumes", dizia. "Não vamos condená-los, é melhor nos compadecermos deles. Júpiter, de um modelo, não nos fez todos iguais: uns têm alma de Galo, outros, de Perdiz. Se dependesse de mim, viveria em companhia melhor. O dono da casa pensa de outro modo. Ele nos prende em seus laços, corta nossas asas e nos larga no galinheiro. Dele, não dos Galos, temos de nos queixar."

O Homem e a Serpente

Um Homem viu uma Serpente. "Ah, perversa!", disse a ela. "Vou fazer um bem a todos." Ao dizer isso, o animal maligno (Refiro-me à Serpente e não ao Homem, é fácil equivocar-se), ao dizer isso, a Serpente deixou-se ser pega, foi posta em um saco e, o que é pior, foi condenada à morte, culpada ou não.

Para dar razão a seu ato, dirigiu-lhe o julgador a seguinte lenga-lenga: "Símbolo dos ingratos, ser bom com os maus é estupidez, somente. Morre, pois, e nem sua cólera nem suas presas me atingirão". Em sua língua, a Serpente argumentou o melhor que pôde: "Se todos os ingratos do mundo fossem condenados, quem perdoaríamos? Você mesmo cria o processo. Em suas próprias lições me apoio. Olhe, meus dias estão em suas mãos; destrua-os; sua justiça é sua conveniência, seu gosto, seu capricho. Baseado nessas leis me condena; porém, ao morrer, há de me permitir dizer com franqueza que o símbolo dos ingratos não é a Serpente, mas o Homem".

Essas palavras detiveram o Homem por um instante. Enfim, ele replicou: "Suas razões é que são frívolas; eu poderia decidir, pois cabe a mim esse direito; porém, consultemos!". "Sim, façamos isso", concordou o Réptil.

Havia uma Vaca por perto, chamaram-na e lhe explicaram o caso. "Não há nada mais claro. Para isso que me chamaram? A Serpente tem toda razão, por que negar? Estou aqui há muitos anos e não houve um só dia em que meu dono dispensou meus benefícios. Tudo é para ele. Meu leite e meus bezerros fazem com que ele volte para casa com as mãos cheias. Tenho até lhe devolvido a saúde, prejudicada pela idade. Tenho trabalhado para as necessidades e prazeres dele. Quando envelhecer, ele vai me abandonar em um lugar sem relva. Se ao menos ele me deixasse pastar! Mas fico atada. Se meu dono fosse uma Serpente, a ingratidão seria maior? Adeus. Já dei meu parecer."

Surpreso com o que ouviu, o Homem disse à Serpente: "Não acredite nela, está doida. A cabeça não está boa. Apelemos àquele Boi".

Dito e feito, veio o Boi a passo lento. Depois de haver ruminado bem o caso em sua mente, disse que todos seus afazeres beneficiavam somente o Homem, e que mesmo trabalhando tanto, recebia em troca pouco reconhecimento e muita pancada. Sabia que depois, quando ele ficasse velho, honraríamos sobremaneira os humanos cada vez que comprassem com seu sangue a indulgência dos deuses. Assim disse o Boi. Ao que o Homem respondeu: "Cale-se, sua fala me aborrece. Só diz frases ocas. E de árbitro se converteu em acusador; eu o recuso também".

Por juiz, empregaram a Árvore. Foi ainda pior. Servia de refúgio contra o calor, a chuva e a fúria do vento; adornava os jardins e os campos, e, além disso, fornecia frutos. Então, um homem qualquer a derrubava. Era isso o que recebia depois de, o ano todo, dar flores na Primavera, frutas no Outono, sombra no Verão e lenha para aquecer no Inverno. O Homem, nauseado por sentir que o estavam convencendo, quis ganhar a discussão a todo custo. "Sou demasiado bom por dar ouvidos a esses tipos!", exclamou e golpeou o saco com a Serpente contra a parede, até matá-la.

É assim que se resolvem as discussões entre os poderosos. A razão os ofende; imaginam que todos nasceram para servi-los, as pessoas, os quadrúpedes e as serpentes. Se alguém abre a boca, é um imbecil. Melhor que falar é se calar.

O Pastor e o Rei

Tirando dela a razão, nossa vida divide-se em dois demônios, aos quais não há coração que a eles não se renda; se me perguntarem seus nomes, direi que um se chama Amor e, o outro, Ambição. O último estende mais seu império, pois contamina o Amor. Provarei isso, mas meu objetivo é contar como um Rei fez um Pastor ir até sua Corte. É uma história dos tempos antigos, não dos nossos dias.

Esse Rei viu um rebanho que se estendia por todo o campo, bem criado e mantido graças aos cuidados do Pastor, e que rendia um bom lucro todos os anos. O Rei gostou da maneira que o Pastor lidava com seu rebanho e lhe disse: "Você merece ser pastor dos povos. Deixe as ovelhas e conduza os homens. Faço de você um Juiz soberano". E assim nosso Pastor ficou com a balança na mão. Mesmo conhecendo apenas um Ermitão, o seu gado, os seus mastins e os lobos, e só isso, possuía bom-senso; o que lhe faltasse, viria em seguida. E não demorou muito para chegar.

O Ermitão, seu antigo vizinho, correu para dizer-lhe: "Estou desperto ou sonhando? Você, o favorito do Rei? Grande e poderoso! Desconfie dos Reis. O cargo que recebeu é muito suscetível a enganos; e o pior é que esses enganos custam caro e só resultam em infelicidade. Não conhece nada do meio em que vai estar. Como amigo, lhe peço, tome cuidado."

O Pastor riu e o Ermitão prosseguiu: "Veja como a Corte já o deixou pouco sábio. Parece aquele cego que, em uma viagem, tocou numa Serpente enrijecida pelo frio e a tomou por um chicote, pois havia acabado de perder o seu, que tinha caído de sua cintura. Dava graças aos Céus por achá-lo, quando alguém que passava lhe disse: "O que tem na mão? Santo Deus, é uma cobra! Jogue fora esse animal traidor e perigoso!". O cego não quis acreditar no aviso e pagou com a vida sua descrença, pois o animal reanimou-se e lhe picou o braço. Você passará por algo pior, verá!". "Ora, e o que pode ser pior do que a morte?" "Terá mil desgostos", disse o Profeta Ermitão.

E os teve, de fato. O Ermitão não se enganou. A peste da intriga cortesã cresceu tanto que a honestidade do Juiz, assim como seu mérito, ficaram sob suspeita do Monarca. Conspiraram, levantaram-se acusadores e inimigos prejudicados por suas sentenças. "Com nosso dinheiro", diziam, "ele construiu um palácio." O Monarca quis ver aquelas riquezas; não viu em sua casa mais que uma construção modesta. "Tem um tesouro em pedrarias," murmuravam, "que é guardado numa grande arca fechada a sete chaves." O Pastor levou sua arca até o Monarca. Abriu a arca e dentro não havia mais do que farrapos, a vestimenta de um pastor, um cajado e uma flauta. "Grato e amável tesouro!", exclamou. "Prendas queridas que jamais suscitaram a inveja nem a mentira. Volto a tomá-las. Saiamos deste palácio como quem desperta de um sonho! Perdoa-me, senhor, esta manifestação: ao subir havia previsto minha queda. Muito me lisonjeou seu convite; aliás, quem não tem, no fundo da alma, um pouco de ambição?"

Os Peixes e o Pastor que tocava flauta

Tirso, que para Amarílis, e mais ninguém, fazia ressoar os doces acordes de uma flauta, capazes de fazer ressuscitar até os mortos, tocava certo dia nas margens de um riacho que regava campos floridos onde Zéfiro vivia.

Amarílis pescava, porém nenhum peixe se aproximava do anzol. A Pastorinha estava perdendo tempo. O Pastor, que com suas canções houvera atraído os inumanos, acreditou que também atrairia os Peixes e se equivocou. Equivocou-se bastante. Cantou-lhes dessa maneira.

"Cidadãos dessas águas, deixem as Náiades nas grutas profundas e venham ver uma criatura mil vezes mais encantadora. Não temam se tornar prisioneiros da bela; ela é cruel apenas

PANNEMAKER-DOMS sc.

conosco. Vocês serão tratados carinhosamente. Não queremos suas vidas. Águas mais limpas que cristal os aguardam e, quando para alguns de vocês a isca for fatal, morrer nas mãos de Amarílis é uma sorte que eu mesmo gostaria de ter."

Não surtiu grande efeito esse discurso eloquente. O auditório era tão surdo quanto mudo. O que Tirso fez foi pregar no deserto e o vento levou suas palavras doces. Então, o Pastor jogou uma grande rede na água, os Peixes caíram prisioneiros e ele os depositou aos pés da Pastorinha.

Oh, são pastores de homens, não de ovelhas, Reis que creem que podem ganhar com bons argumentos os ânimos de uma multidão estranha! Deste modo nada se consegue, devem apelar para outros meios. Devem lançar a rede: a força e o poder conseguem tudo.

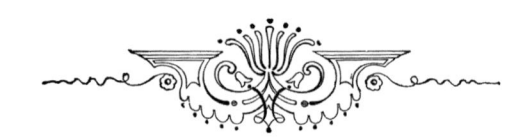

O Macaco e o Leopardo

O Macaco e o Leopardo ganhavam a vida em uma feira, esforçando-se cada qual para atrair a atenção do público. Dizia um: "Senhores, meu mérito e minha glória são conhecidos em toda parte. O Rei quis me ver e disse que quando eu morrer, quer um manto com minha pele, tão colorida, bem desenhada e detalhada que é". Se o Rei gostou da pele do Leopardo, muitos quiseram vê-la, mas assim que a viam, seguiam adiante.

O Macaco dizia, por sua vez: "Venham senhores, venham, por favor! Sei fazer muitos truques, tenho várias habilidades. A diversidade que tanto apreciam, e que o Leopardo tem sobre a pele, eu a tenho na minha imaginação. Eu sou Gilillo, às suas ordens, primo de Periquillo, que foi mascote do Pontífice Romano, e dirijo-lhes a palavra porque falo e entendo, brinco e danço, faço brincadeiras de todo tipo e ninguém se iguala a mim no malabarismo com aros. Mostro e faço tudo isso por apenas quatro moedas. E quem não gostar poderá pedir o dinheiro de volta na saída".

Tinha razão o Macaco. Não é no traje que está o mérito da diversidade, mas sim no intelecto. Neste é sempre agradável, enquanto o outro logo cansa quem o observa. Quantos figurões se assemelham ao Leopardo e não têm outros méritos além dos trajes de luxo que vestem!

A Leoa e a Ursa

Uma Leoa havia perdido seu filhote: roubou-lhe um caçador. A mãe, infeliz, lançava rugidos tão altos que retumbavam em toda a selva. A noite, com sua escuridão e seu silêncio, não detinha os gritos da Rainha dos bosques. Nenhum animal conseguia dormir. Por fim, a Ursa lhe disse: "Comadre, uma palavrinha, não mais: todos os filhos que caíram em suas presas não tinham também mãe e pai?". "Sim, tinham." "Pois se é assim, a morte deles não nos quebrou a cabeça. Se tantas mães se calaram, por que não se cala também?" "Eu, me calar? Infeliz que sou! Perdi meu filho! Que velhice triste me espera!" "E quem a condenou a passar tão triste velhice?" "O Destino que me persegue."

Essas palavras têm estado nos lábios de todo mundo. Míseros humanos, endereço isso a vocês: por todas as partes ouço frívolos lamentos. Quem, em casos parecidos, se crê odiado e perseguido pelos deuses que pense na sorte da infeliz Hécuba e lhes agradecerá.

A Aranha e a Andorinha

"Oh, Júpiter, que fez sair de seu cérebro, por um novo e secreto parto, Palas, minha velha inimiga, ouve minhas queixas pelo menos uma vez! Procne, a Andorinha, vem tirar-me a comida deslizando pelos ares, roçando as águas, e pega as moscas à minha porta. As minhas moscas, posso dizer. Minha teia estaria repleta dessa caça se não fosse por esse maldito Pássaro. Eu a teci com material bastante forte."

Assim, com um tom insolente, a Aranha se queixava a Júpiter. Ela que fora tecelã em outros tempos e agora havia se tornado uma fiandeira, e queria prender em sua teia todo tipo de inseto voador.

A irmã de Filomena, atenta às suas presas, colhia moscas no ar para ela e seus filhotes, que, sempre gulosos e com bico aberto, lhe pediam o sustento com gritos balbuciantes. A pobre Aranha, que não possuía mais do que cabeça e patas, instrumentos insuficientes, se viu arrastada ela mesma pela Andorinha, que, ao passar, levou suas frágeis teias, e, com ela, o animalzinho pendente.

Júpiter, para cada estado e condição, colocou duas mesas neste mundo: o esperto, o ativo e o forte sentam-se na primeira; os fracos e os pequenos comem as sobras na segunda.

A Tartaruga e os dois Patos

Era uma Tartaruga despreocupada, que quis sair de sua toca para conhecer o mundo. Correr por terras estranhas agrada muito e as pessoas felizes são as que menos gostam de suas casas.

Dois Patos, a quem a comadre comunicou seus propósitos, lhe disseram que sua vontade poderia ser realizada. "Vê como é extenso o caminho pelos ares? Por ele, nós a levaremos às Américas. Você verá muitos povos, reinos e repúblicas, estudará com proveito os diferentes costumes."

A Tartaruga escutou a proposta. Feito o trato, os Patos construíram um aparato para carregar a viajante. Pediram que a Tartaruga mordesse um bastão. "Morde bem", lhe disseram, "e não o solte de modo algum."

Depois, cada Pato agarrou uma extremidade do bastão.

A Tartaruga subiu aos ares e todos se assombraram ao ver voar, daquela maneira, aquele animal lento, ainda mais entre dois Patos!

"Milagre!", gritavam. "Venham ver passar pelos ares a Rainha das Tartarugas!"

"A Rainha, sim, senhores; sou a Rainha, de fato, não zombem de mim."

Teria sido muito melhor se ela passasse pelo caminho calada. Porque, ao abrir a boca, soltou o bastão, caiu e se espatifou na presença dos que a contemplavam. Causou-lhe a morte sua indiscrição.

Imprudência, conversa fútil, vaidade tola e curiosidade vã são parentes, filhas da mesma linhagem.

O Pastor e seu Rebanho

"Sempre me falta alguma dessas ovelhas imbecis! Sempre há uma delas que cai nas presas de um Lobo! Esforço-me para contá-las, em vão. Eram mais de mil e deixaram que roubassem o pobre Branquinho, meu cordeirinho que me seguia por toda a aldeia por um pedacinho de pão, e que me seguiria até o fim do mundo! Pobrezinho!"

Falou a todo o rebanho, aos Cães e até aos cordeirinhos menores, pedindo-lhes que resistissem firmes. Isso bastaria para afugentar os lobos, no seu entender. Todos lhe prometeram, com a fé dos que são honrados, que permaneceriam ali, mais firmes do que nunca. "Vamos extinguir de vez o comilão que nos roubou Branquinho", e todos confirmaram com acenos de cabeça a valente decisão. O Pastor lhes deu crédito e os agradeceu muito. Porém, antes do anoitecer, mostrou-se a realidade. Mal apareceu um Lobo, todo o rebanho fugiu apavorado. E nem sequer era um Lobo, era a sombra do que parecia ser um lobo.

Pode-se discursar o quanto quiser a soldados frouxos: eles prometerão mundos e fundos. Porém, ao menor sinal de perigo, adeus brios! Nem seu exemplo e nem seus gritos poderão detê-los.

O Lobo e os Pastores

Um Lobo muito humano (Se tais lobos existem!) refletiu sobre sua crueldade, que, para ele, nada mais era do que a dura lei da necessidade. "Sou odiado. Por quem? Por todos. O Lobo é o inimigo comum: cães, caçadores, camponeses se reúnem para me perseguir. Meus uivos incomodam Júpiter. Por isso a Inglaterra não tem mais lobos: deram um preço por nossas cabeças. Não há nobre que não organize bandos contra nós. Não há criancinha chorona que a mãe não a ameace com o Lobo. E tudo por quê? Por causa de algum Asno, alguma Ovelha ou Cão que nos serviu para matar a fome. Pois bem: não comerei mais nada que tenha vida. Pastarei nos campos, viverei de ervas, morrerei de fome se for preciso. É uma decisão extrema? Sim, é, mas vale a pena seguir atraindo o ódio universal?"

Assim dizia quando viu uns Pastores comendo um cabrito, muito bem temperado e assado no espeto. "Céus!", exclamou. "Eu aqui remoendo minha consciência por haver devorado esses bichos e os seus guardiões se empanturram com sua carne; eles e seus cães! É ridículo eu ter esse tipo de escrúpulo, afinal, sou Lobo. Passará o cabrito pela minha goela, sem mesmo assar, e também a mãe dele que o amamentou e seu pai que o gerou."

O Lobo tinha razão. Vendo-nos matar os animais para nossos banquetes, terá de contentar-se com os manjares frugalíssimos da idade do ouro? Ah, Pastores! Ao Lobo só lhe falta razão porque não é o mais forte. Querem, por acaso, que ele viva como um ermitão?

Os dois Aventureiros e o Talismã

Os caminhos que conduzem à glória não são floridos. Basta-me por testemunha Hércules e seus trabalhos. Esse deus teve rivais como nenhum outro herói nas fábulas mitológicas ou, ainda, na história. Porém, vou citar um a quem velhos talismãs fizeram procurar a sorte no país dos romances.

Dois companheiros seguiam viagem quando avistaram, em uma estaca, esse aviso: "Senhor Aventureiro, se desejar ver algo que nenhum Cavaleiro andante jamais viu, cruze essa torrente e, em seguida, pegue nos braços um Elefante de pedra, que está deitado na terra, e leve-o ao cume daquela montanha que ameaça o céu com seu soberbo semblante". Um dos dois cavaleiros se amedrontou. "Se a correnteza é rápida tanto quanto profunda, e supondo que consigamos atravessar para a outra margem, para que carregar o Elefante? Que proposta ridícula! O peso será tanto que mal daremos três ou quatro passos, imagine carregá-lo até o alto da montanha! Está além das forças do homem, a não ser que o Elefante de pedra seja um anão, um pigmeu, um tampinha, que dê para ornamentar uma bengala, mas, nesse caso, que honra pode nos dar tal aventura? Querem nos confundir com esse aviso; deve ser alguma charada para enganar crianças. Por mim, vou-me e deixo-o com o seu Elefante."

O Pensador seguiu seu caminho de volta, enquanto o Aventureiro lançou-se na água. Nem a profundidade nem a violência da corrente o detiveram. Chegou à margem oposta, viu o Elefante deitado, conforme estava escrito no aviso. Pegou-o nos braços e o carregou até o alto da montanha, onde encontrou um vale muito vasto e, mais adiante, uma cidade. O Elefante soltou um grito e o povo se pôs em armas. Qualquer Aventureiro, se visse aquilo, teria fugido, mas o nosso pegou a espada para morrer como um herói. Ele ficou surpreso quando aquele povo o proclamou Monarca, no posto do Rei morto. Mas ele recusou, alegando que a responsabilidade lhe parecia muito pesada; bem, pelo menos foi o que disse. O mesmo foi dito por Xisto V, quando o nomearam papa (Será pior ser papa ou rei?), e logo pude reconhecer sua boa-fé.

A sorte é cega e acompanha a bravura cega; bem faz quem age, algumas vezes, sem dar tempo para a prudência avaliar aquilo que se está fazendo.

Os Coelhos

Discurso ao duque de La Rochefoucauld

Sempre digo, vendo a ação do homem, que ele age e se comporta, muitas vezes, como os animais. O Rei desse tipo de gente não tem menos defeitos que seus súditos, e a natureza pôs em cada criatura alguma partícula de uma matéria da qual se nutrem os espíritos. Falo dos espíritos corporais. Vou prová-lo.

À hora da espreita, quando a luz diurna se oculta na névoa, ou quando o Sol conclui seu percurso e, não sendo noite, também não é mais dia, nos limites da selva subo em alguma árvore e lá me escondo. E, do alto desse Olimpo, convertido em um novo Júpiter lanço um raio fulminante sobre um coelho alheio à própria desventura. Vejo, na hora, fugir toda uma nação de Coelhos que antes, na erva verdinha, com olhos atentos e ouvidos vigilantes, pastava. O barulho do tiro faz a nação inteira se esconder na cidade subterrânea. Mas logo se esquecem do perigo e vejo os Coelhos voltarem, mais felizes do que antes, ao alcance de meus disparos.

Os homens não fazem o mesmo? Dispersos por quaisquer tempestades, chegando ao porto, voltam a afrontar o mesmo temporal, o mesmo naufrágio; como se fossem Coelhos, se põem outra vez nas mãos da Sorte. A seguir, outro caso bem comum.

Quando cães forasteiros passam por um lugar, que confusão se arma! Os cães do lugar, atentos somente aos interesses de suas mandíbulas, perseguem o intruso a latidos e mordidas, e o escoltam até os confins de seu território. No interesse do bem comum, da grandeza e da glória, fazem o mesmo os magnatas, e pessoas de todas as classes e profissões. Nada mais frequente que saltar sobre o recém-chegado e esfolá-lo vivo. O escritor age assim. Pobre do autor principiante! Quanto menos comensais há na mesa, melhor. Poderia encorpar meu argumento com mais cem exemplos; porém, as obras mais curtas são as melhores. Tenho isso por guia, vindo de todos os mestres das artes e, ademais, convém deixar algo para pensar até nos assuntos mais interessantes. Damos ponto final, pois, a este discurso.

Vós que me haveis dado o que mais vale; vós, cuja modéstia se iguala a vossa grandeza e que jamais escutastes sem rubor os elogios mais justos; vós de quem obtive licença para render nestas páginas alguma homenagem ao vosso nome, que havemos de defender do tempo e dos críticos como nome que honra a França, mesmo sendo este mais fecundo que qualquer outro país em nomes ilustres, vós permitis ao menos que eu faça com que todos saibam que sois vós quem me inspira estas palavras.

O Avarento e seu Compadre

Um Avarento havia acumulado tanto que não sabia mais onde guardar seus tesouros. A avareza, companheira e irmã da ignorância, o colocava em um sério apuro para escolher um depositário de suas posses, pois ele queria a todo custo ter um. Ele achava que, se guardasse em casa suas riquezas, cairia na tentação de gastá-las e se tornaria, ele mesmo, seu próprio ladrão. Como? Desfrutar dos próprios bens é roubá--los? Meu amigo, tenho pena desse seu grave erro. Aprenda a lição que vou lhe dar. Os bens somente são bens quando podemos dispor deles, senão, seriam males. Quer guardá-los para uma idade em que deles não poderá aproveitar? O trabalho de adquiri-lo e o afã de conservá-lo tiram o valor do ouro, tão necessário conforme entende o vulgo.

Para encarregar-se de tais cuidados, nosso homem encontrara pessoas de toda confiança; porém, preferiu a terra; chamou um Compadre e, com sua ajuda, foi enterrar o tesouro. Ao fim de algum tempo, o Avarento foi visitar seu tesouro e somente encontrou a terra. Suspeitando com fundamento do Compadre, foi correndo dizer-lhe: "Apronte-se, ainda tenho alguns dobrões e quero juntá-los aos outros".

O Compadre foi, em seguida, colocar o tesouro roubado no esconderijo, com a ideia de voltar depois e levar o tesouro inteiro. Porém, dessa vez o outro foi mais astuto: guardou-o todo em casa, disposto a desfrutar de sua riqueza, e renunciou acumular e guardar tudo o que ganhava. O ladrão ficou aborrecido por ter sido passado para trás, mas não tinha do que reclamar, pois nada é tão justo quanto enganar a quem nos engana.

O Leão

O Sultão Leopardo foi, em outros tempos, dono de muitos bois que pastavam em suas pradarias, muitos cervos que corriam em seus bosques e muitos carneiros que baliam em sua planície. Um Leão nasceu na selva vizinha. Depois de muitos cumprimentos, como é costume entre os poderosos, o Sultão chamou seu Vizir, a Raposa, que era uma figura experiente e um político hábil.

"Temo, lhe digo, esse novo Leão; o pai dele morreu, que se há de fazer? Compadeço-me desse pobre órfão. Tem muito a fazer na sua própria casa e terá de agradecer ao destino se conseguir conservá-la como sua, sem empreender conquista alguma." A Raposa, movendo a cabeça de lá para cá, respondeu: "De tais órfãos, Senhor, nunca tive pena: há de se cultivar sua amizade ou acabar com eles antes que lhes cresçam as garras e

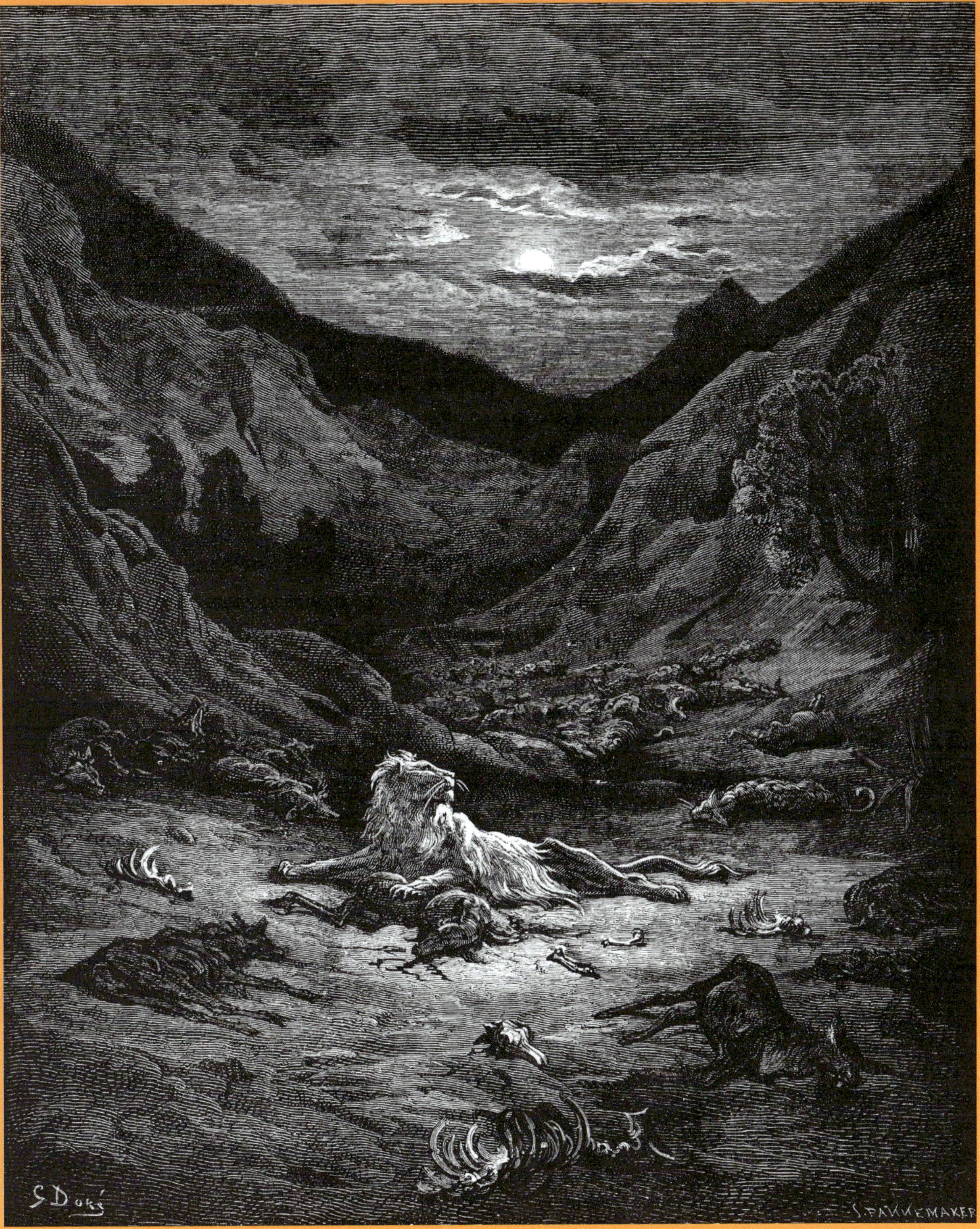
G. Doré
S.PANNEMAKER

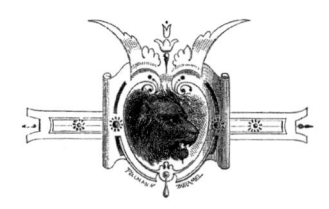

as presas, e cheguemos a ponto de nos lastimarmos. Não desperdice um só instante. Fiz seu horóscopo e ele se engrandecerá na guerra; trate de ser seu amigo ou de destruí-lo."

Aquela lenga-lenga não surtiu efeito algum. O Sultão se acomodou e em seus domínios todos se acomodaram: animais, pessoas. Até que o leãozinho se transformou no Leão. O alarme foi dado por todas as partes e, ao ser consultado, disse o Vizir para o Sultão, com um suspiro: "Por que está irritado? O mal não tem remédio. Em vão chamaremos outros para nos ajudar e, quanto mais chegarem, mais custarão; a ajuda, nesse caso, só servirá para comer seus carneiros. Apaziguar o Leão vale mais que uma chusma de aliados vivendo as suas expensas. O Leão tem apenas três aliados que nada lhe custam: coragem, força e vigilância. Entregue para ele um carneiro; se ele não ficar satisfeito, dê-lhe mais um. Busque para ele o melhor de seus bois; assim, salvará os outros". O Sultão não gostou do conselho e o resultado foi malíssimo. Sofreram as consequências muitos dos Estados vizinhos. Ninguém ganhou, todos perderam, pois, apesar dos esforços, o inimigo fez-se dono de tudo.

Proponho que tenha o Leão como amigo, se quiser deixá-lo crescer.

A Educação

Dois cães, César e Velhaco, eram irmãos e descendiam de uma boa linhagem. Quis o destino que ficassem com donos diferentes e, assim, enquanto um corria pela selva, o outro frequentava uma cozinha. No começo, ambos tinham o mesmo nome, porém, com a alimentação diferente que tiveram, apenas um o manteve com justiça. O outro, quando um servente de cozinha o viu tão pervertido, o apelidou de Velhaco. Seu irmão, depois de realizar feitos nobres, perseguindo Cervos e encurralando Javalis, foi o primeiro César que os caninos tiveram. Cuidou-se para que ele tivesse uma companheira digna de sua linhagem, para que não degenerasse o sangue de seus filhos. Velhaco, esquecido, consagrava seu amor à primeira cachorra que encontrasse. Arruinou sua estirpe e por toda a França surgiram Velhacos, família covarde e preguiçosa, antípoda dos Césares.

Nem todos seguem os exemplos dos pais e avós: a indolência e o transcurso do tempo fazem com que tudo se degenere. Por não cultivarem seus dons naturais, quantos Césares têm se convertido em Velhacos!

A Bolota* e a Abóbora

Deus sempre sabe o que faz. Sem precisar recorrer a provas, olhando daqui para o horizonte circular do Universo, acabo encontrando uma, muito sólida, nas Abóboras.

Um camponês, fazendo reflexões sobre o tamanho desse fruto em comparação com a fragilidade de seu talo, exclamava: "No que pensava o Criador ao colocar essa enorme Abóbora aqui, ao invés de entre os galhos de um desses imponentes carvalhos? Teria sido mais adequado. O fruto deve ser proporcional à árvore. Pena que Deus não se aconselhou comigo, pois teria feito tudo muito melhor. As Bolotas, que não são maiores que meu polegar, ficariam bem entre as ramas tenras das aboboreiras! Não há dúvida de que Deus se equivocou! Quanto mais contemplo como estão posicionadas, mais me convenço disso".

(*)*Fruto do carvalho ou da azinheira.*

Nosso homem estava mergulhado naqueles pensamentos. "Quem tem tanto talento demora um pouco para conciliar o sono", ele disse. Enfim, se recostou no tronco do carvalho e cochilou. Foi acordado por uma Bolota que caiu justamente no seu nariz. Despertou sobressaltado, levou a mão ao rosto e encontrou o fruto entre os pelos da barba. O acontecimento o fez mudar de ideia. "Ai!", exclamou, com o nariz dolorido. "O que teria acontecido comigo se tivesse caído uma Abóbora da árvore? Graças a Deus isso não aconteceu e eu tenho de agradecer a Ele. Agora vejo que tudo está realmente no seu devido lugar!" E voltou para casa elogiando a sabedoria Divina.

O Estudante, o Pedante e o Dono de um jardim

Um rapazinho, que cheirava a sala de aula, duplamente tolo e larápio pela pouca idade, invadia o jardim de um vizinho e roubava flores e frutas. O Dono do jardim era um homem que trabalhava com zelo para que rendessem, em seu jardim, as mais belas frutas que Pomona nos oferece no outono e as flores mais lindas que Flora nos oferece na primavera.

Um dia, o Dono do jardim surpreendeu o Estudante em uma de suas costumeiras invasões e foi queixar-se ao Professor. Este levou seu grupo inteiro ao jardim e encheu-o de estudantes piores que o primeiro.

O Professor, um Pedante completo, começou a criticar o rapazinho enquanto os alunos se atiravam sobre as árvores carregadas de frutos e causavam um grande estrago. O Pedante carregou na reprimenda, discursou, falou muitas expressões em latim, citou Virgílio e Cícero, alegou razões morais e científicas. A conclusão foi tão extensa que aquela juventude mal instruída teve tempo de devastar todo o jardim.

Odeio mortalmente os discursos longos, desnecessários e inoportunos. Não conheço bicho mais temível do que o Estudante mal-educado, a não ser o Pedante. Quero-o bem longe de mim.

O Rato disfarçado de Donzela

Um Rato caiu do bico de uma Coruja: eu não o teria acudido; o acudiu um Brâmane, não o julgo, pois cada país tem seus costumes. O Rato estava bastante machucado. Desse tipo de animal nós cuidamos pouco, porém os brâmanes os tratam como irmãos. Eles acreditam que a alma humana pode sair de um Rei e incorporar no corpo de um percevejo, por exemplo, ou de qualquer outro animal, conforme for seu destino. Esta é uma de suas crenças. Pitágoras, entre eles, não faria sentido algum. Com tal crença, parecia razoável que o Brâmane rogasse a um feiticeiro que alojasse a alma do Rato em um dos corpos que ele havia habitado em tempos idos. O feiticeiro converteu o Rato em uma Donzela de quinze anos, tão bela e gentil que o filho de Príamo haveria de lograr por ela façanhas maiores que as realizadas pela famosa Helena. O hindu ficou surpreso com a novidade e disse à bela, a quem tomou por sua filha: "Tudo que tem a fazer é escolher; todos ambicionam a honra de ser seu esposo". "Neste caso", respondeu a Donzela, "decido-me pelo mais poderoso de todos." "Oh, o Sol!", exclamou o Brâmane e caiu de joelhos. "O Sol será meu genro!" "Eu não posso", disse o Sol. "Aquela nuvem escura é mais poderosa que eu, pois tem a capacidade de ocultar meus raios. Dirija-se a ela." "Pois bem", disse o Brâmane para a nuvem. "Você nasceu para desposar minha filha?" "Com certeza não, pois o vento me arrasta de um lado para o outro, conforme seu capricho. Não quero tirar o que é direito dele".

O Brâmane, já irritado, gritou: "Oh, vento! Venha você, então, para os braços da bela". O vento tentou se aproximar, mas a montanha o deteve. Ela tratou de passar a vez adiante, dizendo: "Não quero me indispor com o Rato, não seria bom me achar mais poderosa que ele, que é capaz de me perfurar". Ao ouvir falarem do Rato, a Donzela prestou mais atenção: o Rato foi seu marido. Um Rato? Sim, senhores, um Rato. Golpes desse tipo ocorrem muito com o caprichoso amor. Mas isso fica entre nós.

Conservamos sempre algo do lugar de onde procedemos, como bem prova esta fábula. Porém, há algo a observar: por que o Sol não poderia ser o marido? Um gigante é menos forte que uma pulga? Não, mas a pulga pode picá-lo. O Rato deveria temer o gato; o gato, o cão; o cão, o lobo, e, com essa narrativa circular, chegaríamos novamente ao Sol, como acontece na Fábula original contada por Pilpay: o Sol terminaria como esposo da linda Donzela.

Voltemos, pois, a examinar a narrativa: o que fez o feiticeiro, a pedido do Brâmane, comprova sua falsidade, pois esse sistema exige que as almas do homem, do Rato e de todos os seres sejam de igual natureza. Contudo, atuando de maneiras diferentes, segundo a diversidade dos órgãos, algumas formas se elevam e outras se degeneram. Como se explica que um corpo tão bem construído quanto o da Donzela não tenha sido capaz de unir-se ao Sol e se inclinou para um mísero Rato?

Tudo bem discutido, bem pensado, a alma dos Ratos é muito diferente da alma das Donzelas: querer mudar o destino é contrariar a lei estabelecida pelo Céu. Recorrer à magia é apelar ao diabo: ninguém deve se desviar de seu fim natural.

Os dois Cães e o Asno morto

As virtudes deveriam ser irmãs, como são irmãos os vícios. Assim que um vício se apodera de nosso coração, todos os demais se revelam. Não fica faltando nenhum, salvo aqueles que, por serem contraditórios, não podem habitar o mesmo teto. Quanto às virtudes, raras vezes as vemos unidas na mesma pessoa sem serem desperdiçadas.

Entre os animais, o Cão se vangloria de ser fiel e carinhoso com seu dono, mas também é tolo e comilão. Prova disso é a história de dois Mastins que viram um Asno morto flutuando nas águas de um rio e quiseram comê-lo. "O que é aquilo, um boi ou um cavalo?", perguntou um ao outro. "Que importa?", respondeu. "Tudo é carne. A dificuldade está em alcançá-lo. A distância é grande, temos de nadar contra a corrente. Bebamos toda essa água e, quando o rio ficar seco, teremos provisões para uma semana inteira." Puseram-se a beber, perderam a respiração e, depois, a vida, miseravelmente estufados de tanta água.

Assim é o homem. Quando se interessa por algo, nada lhe é impossível. Quantas promessas o homem faz, quanto tempo perde, no intuito de adquirir bens e conquistar glórias! "Se eu pudesse acertar minha situação!", exclama um. "Se eu pudesse encher meus cofres de dobrões!", pensa outro. "Se eu aprendesse hebreu!" "Se eu aprofundasse as ciências e a história!" Todos esses "se" são como beber toda a água de um rio. Para o homem, nada tem limites. E para realizar todos os projetos que nos ocorrem, precisaríamos de quatro vidas e, mesmo assim, me parece que ficaríamos no meio do caminho. Quatro Matusaléns, um após o outro, não poderiam executar o que um só homem imagina.

O Lobo e o Cão magro

Já contei em outra fábula a história de um Peixinho que, por mais que tenha argumentado, destacando seu tamanho insignificante, acabou indo para a frigideira. Dei a entender, então, que soltar o que temos na mão, na esperança de apanhar presa maior, é arriscado. O Pescador tinha razão e o Peixinho fez bem em argumentar: cada qual se defende como pode. Agora, vou reforçar o que disse com um novo exemplo.

Certo Lobo, tão tolo quanto foi sensato o Pescador, encontrou um Cão magérrimo longe do povoado e se arremeteu contra ele. O Cão alegou sua esqualidez: "Considere, senhor, meu estado miserável; aguarde alguns dias para me levar. Meu amo vai casar sua única filha e, havendo bodas, haverá banquetes e eu engordarei, mesmo que não queira". O Lobo deu-lhe crédito e o soltou. Depois de alguns dias, foi ao povoado ver se o encontrava e achou o espertalhão dentro de casa. Este lhe comunicou, através de uma fresta do muro que os separava: "Vamos sair, meu amigo, agora mesmo, eu e o porteiro. Pode nos aguardar". O porteiro era um canzarrão capaz de liquidar qualquer lobo. O Lobo de nossa história, vendo de relance o gigante, murmurou algo como "Dê minhas recomendações ao porteiro" e saiu correndo. Ele não sabia ainda exercer seu ofício de Lobo.

O Gato e a Raposa

O Gato e a Raposa, como se fossem dois santos, foram peregrinar. Eram dois beatos hipócritas que cobriam os custos da viagem matando galinhas e furtando queijos. O caminho era longo e tedioso; para torná-lo mais animado, começaram a discutir. Discutir é mesmo um bom recurso e, sem ele, dormiríamos eternamente. Debateram por um longo tempo para saber quem era o mais sagaz. Por fim, a Raposa disse ao Gato: "Você diz ser muito esperto, mas não é mais que eu. Tenho um repertório imenso de estratagemas e ciladas". "Pois eu tenho um único estratagema, a diferença é que ele vale por mil."

E voltaram a discutir, até que uma matilha de cães os surpreendeu e pôs fim à discussão. O Gato disse para a Raposa: "Agora, use todos os seus estratagemas, quero ver como vai escapar. Eu tenho uma saída segura".

Dito isso, o Gato subiu no topo da árvore mais alta que havia por perto. A Raposa deu mil voltas, meteu-se em cem tocas, escapou mil vezes e em nenhum lugar encontrou refúgio. A fumaça a fez sair de todos os esconderijos e, por fim, dois cães ágeis a estrangularam.

Às vezes, perde-se um bom negócio por sobrar escolhas e recursos; o tempo é mal gasto procurando pelo o que se considera melhor, provando esse, aquele e outro mais adiante. Melhor mesmo é ter uma única, porém boa escolha.

O Escultor e a estátua de Júpiter

Um Escultor gostou tanto de um magnífico bloco de mármore que o comprou. "No que se converterá esse mármore sob meu cinzel?", se perguntou. "Farei dele um Deus ou uma mesa? Pois será um Deus! Aí está o senhor da terra! Temei mortais e dirigis a Ele vossas súplicas!"

Deu tanta expressão ao Ídolo que as pessoas acreditaram ser mesmo aquela estátua o deus Júpiter, apenas lhe faltava falar. O próprio Escultor, quando a viu pronta, foi o primeiro a tremer, assustado com sua obra. Não foi menor em outros tempos a fraqueza dos poetas, que temeram a ira e a cólera de divindades por eles mesmos inventadas. Agiam como crianças que temem irritar seus bonecos. Juntou-se o medo com a imaginação e, dessa fonte, brotou o erro do paganismo, que se estendeu por tantas nações. Seduzem-nos nossas próprias quimeras: Pigmalião converteu-se no amante da imagem que ele mesmo fabricara. Até onde é possível, o homem converte seus sonhos em realidade; sua alma é gelo para a verdade e fogo para a mentira.

O Horóscopo

Encontra-se o destino geralmente nos caminhos que se quer evitar.

O Pai de um único filho amava-o tanto que foi até consultar sua sorte com um dos muitos Adivinhos que se espalham pelo mundo. Disse um deles que procurasse afastar o menino dos Leões até que completasse vinte anos. O Pai, para livrá-lo daquele perigo, proibiu que pusesse os pés para fora do palácio. Ele podia satisfazer todos os seus gostos lá dentro, divertir-se todos os dias com seus camaradas, saltar, correr e passear. Quando chegou a idade em que a caça é a diversão favorita dos jovens, o Pai pintou aquele esporte como a coisa mais depreciável. Porém, por mais que se faça, propostas, ensinamentos e conselhos não mudam o caráter. O jovem, inquieto, ardente, cheio de coragem, apenas sentiu o fervor da juventude e suspirou por aquele prazer. Quanto maior o obstáculo, maior o desejo. Conhecia o motivo da proibição e como sua casa, repleta de magnitude, tinha muitos quadros nas paredes que retratavam cenas de caça e paisagens, viu em um deles um magnífico Leão. Logo exclamou: "É você, oh, monstro, quem me faz viver nesse cativeiro!". Enfurecido, socou a imagem pintada do animal inocente. Embaixo da tela havia um prego. Este penetrou até sua alma e o ferimento veio a lhe causar a morte, apesar de todos os cuidados de Esculápio e de todas as precauções tomadas por seu pai para mantê-lo longe do Leão.

Sorte parecida acometeu o Poeta Ésquilo. Dizem que um Adivinho o preveniu do desabamento de uma casa. O poeta saiu da cidade e pôs seu leito ao ar livre, longe de edificações. Uma Águia que passava por lá, levando uma tartaruga nas garras, tomou a careca do poeta por uma rocha e deixou cair sobre ela sua presa, para destroçá-la; foi assim que o pobre Ésquilo teve seu fim.

Desses dois exemplos se deduz que a arte da adivinhação é verdadeira e faz cair os males sobre quem a teme e a consulta. Porém, sustento e sustentarei sempre que é pura farsa. Não acredito que a natureza tenha as mãos atadas, assim como nós, a ponto de estar fixada nossa sorte nos astros. A sorte depende da coincidência de pessoas, lugares e épocas, e não das conjunções astrais de que nos falam esses charlatões. Um Pastor e um Rei nasceram sob a influência do mesmo planeta; um empunha um cetro; outro, um cajado. "Júpiter quis que fosse assim", dizem. E quem é Júpiter? Um corpo que nunca foi visto. Como, então, pode agir de modo distinto com dois seres? Como sua influência chega ao nosso mundo? Como penetra nos campos dilatados de ar? Como atravessa Marte, o Sol e o vazio sem fim? Um átomo podia desviar-lhe o caminho: onde, então, iriam buscar por Júpiter os fazedores de horóscopos?

O estado atual em que se encontra a Europa merecia que algum deles, ao menos, o houvesse previsto: por que não o fizeram? Não há de despertar preocupações os dois casos ambíguos que acabei de contar. Não significa nada a morte desse filho querido e a do companheiro Ésquilo. Por mais mentirosa e cega que seja essa arte, ela pode acertar uma vez em mil e, ainda, por pura casualidade.

O Gato e o Rato

Quatro animais distintos, o esperto Gato, a triste Coruja, o roedor Rato e a senhorita Doninha, de esbelta figura, todos eles malignos e perversos, assombravam o tronco apodrecido de um pinheiro antigo. Tanto o frequentavam que, certo dia, um Caçador colocou ali suas armadilhas.

O Gato, no final da madrugada, saiu do esconderijo para ganhar a vida. As últimas sombras da noite não o deixaram ver a rede e acabou se enroscando nela. Pensou que fosse morrer, miou lastimosamente; ao ouvi-lo, aproximou-se o Rato. Que desespero de um! Que alegria do outro que via preso seu inimigo mortal! O infeliz Gato exclamou: "Amigo caríssimo: vejo o quanto me aprecia e você bem sabe que correspondo a essa admiração. Ajuda-me a escapar dessa armadilha na qual caí estupidamente. Tinha razão em apreciá-lo e querê-lo como a menina dos meus olhos. Não me arrependo! Estava indo rezar minhas orações matinais, como convém a um Gato devoto, e esta rede me prendeu. Minha vida está em suas mãos, livra-me desses nós!". "E o que ganharei com isso?", perguntou o Rato. "Juro eterna aliança contigo", respondeu o Gato. "Disponha de minhas unhas e garras, contra todos o defenderei! Matarei a Doninha e a Coruja, os dois estão contra você." "Idiota!", exclamou o Roedor. "Meu protetor, você? Ora, não sou tão tolo!"

E assim dizendo, marchou até sua toca. A Doninha estava ali perto e o cercou. Subiu pela árvore e topou com a Coruja: havia perigo por toda parte! O Rato voltou até onde estava preso o Gato e, roendo, roendo, soltou as malhas da rede e libertou o hipócrita. Nisso, aparece o homem e os novos aliados fogem.

Estavam já longe quando o Gato observou que o Rato mantinha-se meio distante, receoso e prevenido. "Irmão, lhe digo, aproxime-se; seu medo me ofende. Está vendo como inimigo seu aliado. Poderia me esquecer que, depois de Deus, devo minha vida a você?", disse o Gato, ao que o Rato respondeu: "E eu não posso esquecer tampouco sua índole perversa. Não há pacto nem tratado que obrigue um Gato a ser agradecido. Estúpido é quem acredita em uma aliança feita pela necessidade".

Júpiter e o Passageiro

Se os Deuses nos lembrassem das promessas que fazemos diante do perigo, teríamos muito mais respeito tanto pelo perigo quanto pelos Deuses também. Porém, passado o apuro, ninguém lembra o que foi oferecido aos Céus; apenas consideramos o que ficamos devendo na Terra. "Júpiter", dizem os ímpios, "é um credor tolerante, jamais nos envia um ultimato." Querem ultimato maior que um trovão? Que nome se dá a essas advertências?

Surpreendido por uma tormenta, um Passageiro ofereceu cem Bois ao vencedor dos Titãs. O problema é que não possuía um Boi sequer e daria no mesmo se tivesse prometido cem Elefantes. Quando chegou à praia, queimou alguns ossos e a fumaça deles chegou às narinas de Júpiter. "Senhor Deus, aceite minha oferenda, como prometi. Sinta o perfume do Boi sacrificado. A fumaça é a parte que lhe cabe: nada mais eu lhe devo".

Júpiter fingiu rir desse gracejo, porém, poucos dias depois, o deus teve sua revanche, mandando-lhe em sonho a localização de um tesouro escondido. Nosso homem correu para buscar o tesouro e topou com ladrões no lugar que o sonho havia indicado. Não tendo na bolsa mais do que um escudo, prometeu dar-lhes cem dobrões de ouro, parte daquele tesouro que ali estaria enterrado.

Suspeitando de mentira, um deles lhe disse: "Camarada, você está zombando de nós, merece morrer. Vá ofertar a Plutão seus cem dobrões de ouro".

A Ostra e os Litigantes

Um dia, dois Peregrinos encontraram uma Ostra que as ondas trouxeram à praia. Devoraram-na com os olhos, tocaram-na com os dedos. Porém, para levá-la à boca, tiveram de disputá-la. Quando um abaixou-se para colhê-la, o outro lhe deu um empurrão, dizendo: "Primeiro, vamos ver a quem ela pertence. O primeiro que a viu a engolirá e o outro ficará olhando". "Se vai ser assim," respondeu o outro camarada, "a Ostra é minha, pois tenho uma excelente visão, graças a Deus." "A minha também não é ruim, e garanto que vi essa Ostra antes de você."

Ficaram os dois discutindo, quando chegou o senhor Dom Resolve-Pleitos. Tomaram-no como juiz da disputa. Dom Resolve-Pleitos pegou a Ostra como se estivesse fazendo uma grave operação, abriu-a e a comeu, saboreando-a diante dos Litigantes. Acabada a refeição, deu uma concha para cada um, dizendo-lhes: "Tomem. O tribunal concede a cada um de vocês uma concha, sem a necessidade de pagamento de custas do processo. Sigam em paz".

Considerem quanto custam, hoje, os litígios. Calculem o que recebem as partes, depois de tudo pago e descontado, e verão que Dom Resolve-Pleitos fica com todo o grão e deixa aos Litigantes apenas palha.

Demócrito e os Cidadãos de Abdera

Sempre abominei a opinião dos pensadores vulgares! Sempre me pareceu grosseiro, injusto e temerário julgar o que se vê nos demais pelo que se sente na própria pele. O mestre de Epicuro e se convenceu disso. Seus concidadãos o consideravam louco, eram pessoas de pouca visão; porém, o que isso tem de estranho? Ninguém é profeta onde nasce. Loucos eram eles, Demócrito, um sábio.

A preocupação pela saúde mental de Demócrito tomou tal proporção que a cidade de Abdera convidou o grande Hipócrates, por meio de cartas e mensageiros, a curar o doente. "Nosso patrício", diziam suspirando, "está perdendo a razão. A leitura estragou Demócrito. Gostaríamos mais dele se fosse um ignorante. Diz que o Universo não tem limites e que talvez existam infinitos Demócritos. Não contente com essas fantasias, nos fala de átomos, fantasmas invisíveis, filhos de sua imaginação deturpada, e mede o céu aqui da terra; pretende conhecer o Universo, mas não conhece a si mesmo. Houve um tempo em que era capaz de responder às perguntas com acerto. Agora, vive falando sozinho. Venha, divino mortal. O infeliz está completamente louco".

Hipócrates não deu muito crédito a essas pessoas, mas partiu e deixou os estranhos acontecimentos que se seguiram ao acaso. Ele chegou precisamente quando aquele que lhe disseram faltar razão e sentido buscava descobrir no homem e nos animais onde lhes residia a inteligência, se no coração ou na cabeça. Sentado na sombra, à beira de um regato, esquadrinhava os labirintos do cérebro. Estava rodeado de livros e, ensimesmado em sua contemplação, mal reparou na chegada de seu colega. Rápido foi seu cumprimento, pois o sábio, sisudo como poucos, poupa tempo e palavras. Deixando de lado os colóquios frívolos, depois de discutirem muito sobre o homem e o espírito entraram nos meandros da moral.

Não vem ao caso o que disseram um ao outro. Basta o precedente relato para provar que o povo é um juiz para se rejeitar. Não posso concordar, de modo algum, quando leio que sua voz é a voz de Deus.

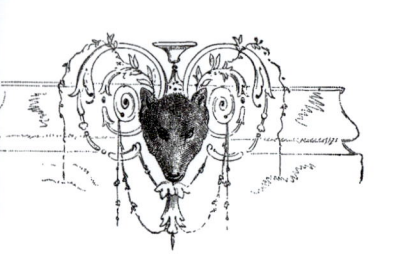

O Lobo e o Caçador

A ambição, monstro voraz que vê como dom insignificante todos os benefícios dos deuses, será sempre combatida em vão em minhas obras? Por que ela resiste tanto às minhas lições? Por cobiça, o homem fica surdo a minha voz e à de todos os sábios, a ponto de jamais dizer "já tenho o bastante, agora posso desfrutar". Apresse-se, amigo, não lhe resta tanto tempo de vida quanto imagina. Insisto nessa palavra que vale um livro: Desfrutar. "Vou desfrutar." "Sim, mas quando?" "A partir de amanhã mesmo." "Ah, meu amigo, a morte pode surpreendê-lo. Comece a desfrutar a partir de agora, pois você pode vir a ter a mesma sorte do Caçador e do Lobo de minha fábula."

Primeiro, o Caçador havia derrubado um Cervo com uma flechada. Passou por ali uma Cabra selvagem e ela foi fazer companhia ao defunto. Qualquer caçador já se daria por satisfeito, porém a ideia de matar um javali, enorme e soberbo, tentou nosso arqueiro, cobiçoso por aquela caça. Também flechou o javali. Faltava somente Parca lhe cortar o áspero fio de vida com suas tesouras; a Deusa infernal mostrou várias vezes ao monstro o momento fatal. Mas nada parecia satisfazer o apetite do conquistador. O homem que viu uma perdiz no mesmo momento em que o javali, agonizante, começava a se reanimar. Aquela ave pouco aumentaria sua caça; apesar disso, o Caçador armou novamente seu arco. O Javali, fazendo um último esforço, caiu sobre o Caçador, rasgando-lhe o ventre com suas presas, e morreu sobre o corpo do homem. Agora, todos estão mortos, exceto a perdiz, que voa dali muito grata ao Javali.

O Louco que vende sabedoria

Mantenham distância dos loucos, é o melhor conselho que posso lhes dar. Há muitos na corte e os príncipes gostam deles porque disparam seus chistes contra os teimosos, os tolos e os patifes.

Um Louco ia gritando, pelas ruas e praças, que vendia sabedoria, e muitos crédulos corriam para comprá-la. Fazia estranhas caretas e, depois de tomar-lhes o dinheiro, lhes dava uma bofetada e dois metros de barbante. A maior parte dos enganados se revoltava, mas de que adiantava? Acabavam sendo zombados duplamente: o melhor era rir e ir embora sem dizer nada. Buscar naquilo algum sentido seria levar a sério os mentecaptos. Qual razão explica os atos de um louco? A casualidade é o que move o cérebro de um transtornado. Mesmo assim, um dos enganados foi procurar um homem erudito, que, sem vacilar, lhe disse: "O barbante e a bofetada têm sim um significado: toda pessoa de bom senso deve manter-se longe dos Loucos a distância desse cordão. Se não fizer assim, se expõe a tomar uma pancada. O Louco não enganou ninguém: ele realmente vende sabedoria".

Esta parte da fábula é dirigida àqueles que nunca têm saciado seu desejo. O restante é para os avarentos.

Um Lobo, que por ali passava, viu aquela cena e exclamou: "Oh, Fortuna! Quatro corpos inanimados! Que felicidade! Mas convém poupar essas provisões, pois não é todo dia que vejo essa fartura toda. (Assim se desculpam os avarentos.) Tenho comida para pelo menos um mês!".

E o avarento, no afã de poupar, começou a alimentar-se pela corda do arco, feita de tripa. Ao começar a roê-la, o arco armado para abater a perdiz disparou a seta e produziu uma nova vítima fatal: o Lobo.

Volto a minha afirmação. O homem deve desfrutar. Se não o fizer, sofrerá a sorte desses dois gulosos, punidos um por ser ambicioso e o outro por ser avarento.

"Nada com excesso"

Coisa alguma é feita com a devida moderação. Muito melhor seria se tudo estivesse perfeitamente adequado. No entanto, nós procedemos assim? De modo algum, sempre pecamos ou pelo excesso ou pela falta.

O trigo, rico dom da loura Ceres, se crescer de forma vigorosa demais, esgota a terra e não dá bons grãos. Para corrigir esse defeito, Deus permitiu que os carneiros cerceassem a exuberância de seu crescimento pródigo. Os carneiros, por sua vez, foram tão predatórios com o trigo que o céu deu licença para que os lobos abatessem algumas reses. E que fizeram os lobos? Exterminaram os carneiros! Então o Céu encarregou os homens de castigar aquelas bestas e os homens abusaram das ordens divinas. De todos os seres, nenhum se entregou tanto ao abuso quanto a raça humana. Crianças e adultos, todos podem ser acusados desse defeito, ninguém está isento dele. "Nada com excesso" é uma máxima citada por todos e seguida por ninguém.

O Depositário infiel

Graças às Musas cantei os animais. Outros heróis talvez me teriam dado menos glórias. Em minhas obras, o Lobo fala com o Cão na língua dos deuses; os irracionais representam personagens distintos, uns tolos, outros sensatos, embora os primeiros superem em muito os segundos. Também coloco em cena os Trapaceiros, os Vilões, os tiranos e os ingratos, muitos aduladores e outros tipos velhacos. Também poderia revelar legiões de mentirosos. Assim disse o Sábio: "Não há homem que não tenha mentido alguma vez". Se ele se referisse aos homens comuns, poderia relevar até certo ponto esse defeito; porém, que todos os homens, grandes e pequenos, mentimos, isso, se não fosse ele dizer, me atreveria a negá-lo. Quem mente como Esopo e Homero não é mentiroso; as agradáveis ficções inventadas por eles nos apresentam a verdade. Cada obra deles merece viver eternamente e um tanto mais, se possível for.

No entanto, mentir como fez certo Depositário, de quem vou falar, mostra de uma só vez a estupidez e a perversidade. O que aconteceu foi o seguinte: um Mercador persa, ao empreender uma viagem de negócios, depositou na casa de um vizinho uma carga de barras de ferro. Ao regressar, perguntou por elas. "Suas barras?", perguntou o Depositário. "Sinto lhe dizer que não sobrou nenhuma, um rato as comeu. Dei uma boa reprimenda na criada, porém, que se há de fazer? Na despensa sempre aparece algum roedor." O Mercador ficou surpreso com aquela artimanha, mas fingiu acreditar no Depositário.

Poucos dias depois, o Mercador sequestrou o filho do pérfido vizinho e, feito isso, convidou o pai para um jantar. Este se desculpou entre choros e suspiros: "Dispense-me desse convite, pois não tenho mais motivo para festejar. Amo meu filho mais que minha própria vida, e agora não o tenho por perto e não sei por que o tiraram de mim". O Mercador respondeu: "Ontem, quando anoitecia, vi uma Coruja roubar seu filho e reparei que o levava para um velho casarão que existe lá bem longe". O pai replicou: "Como quer que eu acredite que uma Coruja tenha carregado tal presa? Meu filho é quem poderia caçar uma Coruja". "Não lhe direi como foi, mas vi com meus próprios olhos e não me ofenda dizendo que estou mentindo. Não há nada de estranho no que lhe disse. Em um país onde um único rato come uma carga de barras de ferro, uma Coruja pode carregar um garoto que pesa pouco mais que duas arrobas." O Depositário infiel compreendeu o recado daquela história. Assim, devolveu o ferro ao Mercador e teve seu filho de volta.

Disputa parecida aconteceu com dois viajantes. Um deles pertencia à classe dos exagerados, que, sem dúvida, olha tudo pelo microscópio, pois enxerga tudo gigantesco, colossal. Disse o exagerado: "Certa vez vi uma couve maior que uma casa". Ao que o outro respondeu: "E eu vi uma sopeira maior que uma catedral". O primeiro ficou zombando do segundo, e este emendou: "Não se surpreenda, pois fizeram aquela sopeira para servir sua couve".

O inventor da sopeira foi debochado; o sequestrador do menino foi sagaz. Quando o absurdo for extremo, não há necessidade de se combatê-lo com argumentos sólidos: é mais rápido e eficaz triplicar o exagero e não se aborrecer com a situação.

Fábulas • **169**

Os dois Pombos

Dois Pombos se amavam ternamente. Um deles, porém, se entediou em casa e teve a insensata ideia de fazer uma grande viagem. Disse-lhe o companheiro: "O que vai fazer? Vai abandonar seu irmão? A ausência é o maior dos males, porém para você não é, a não ser que o esforço, os perigos e as moléstias da viagem mudem seu pensamento. Espera chegarem as brisas da primavera, por que a pressa? Agora mesmo um Corvo prognosticava desgraças para uma Ave. Se sair em viagem, sempre pensarei em encontros funestos com Falcões e redes. Quando chover, direi: será que meu irmão está numa boa casa e em um bom lugar?".

O discurso tocou o coração de nosso imprudente viajante, mas o espírito aventureiro prevaleceu. "Não chore", disse. "Com três dias de viagem minha alma já estará satisfeita. Voltarei dentro em pouco, lhe contarei minhas aventuras e você se divertirá com meu relato. Quem nada viu nada pode contar! Vai ver como gostará da minha narrativa. Parecerá, ao ouvir-me, que esteve lá também!"

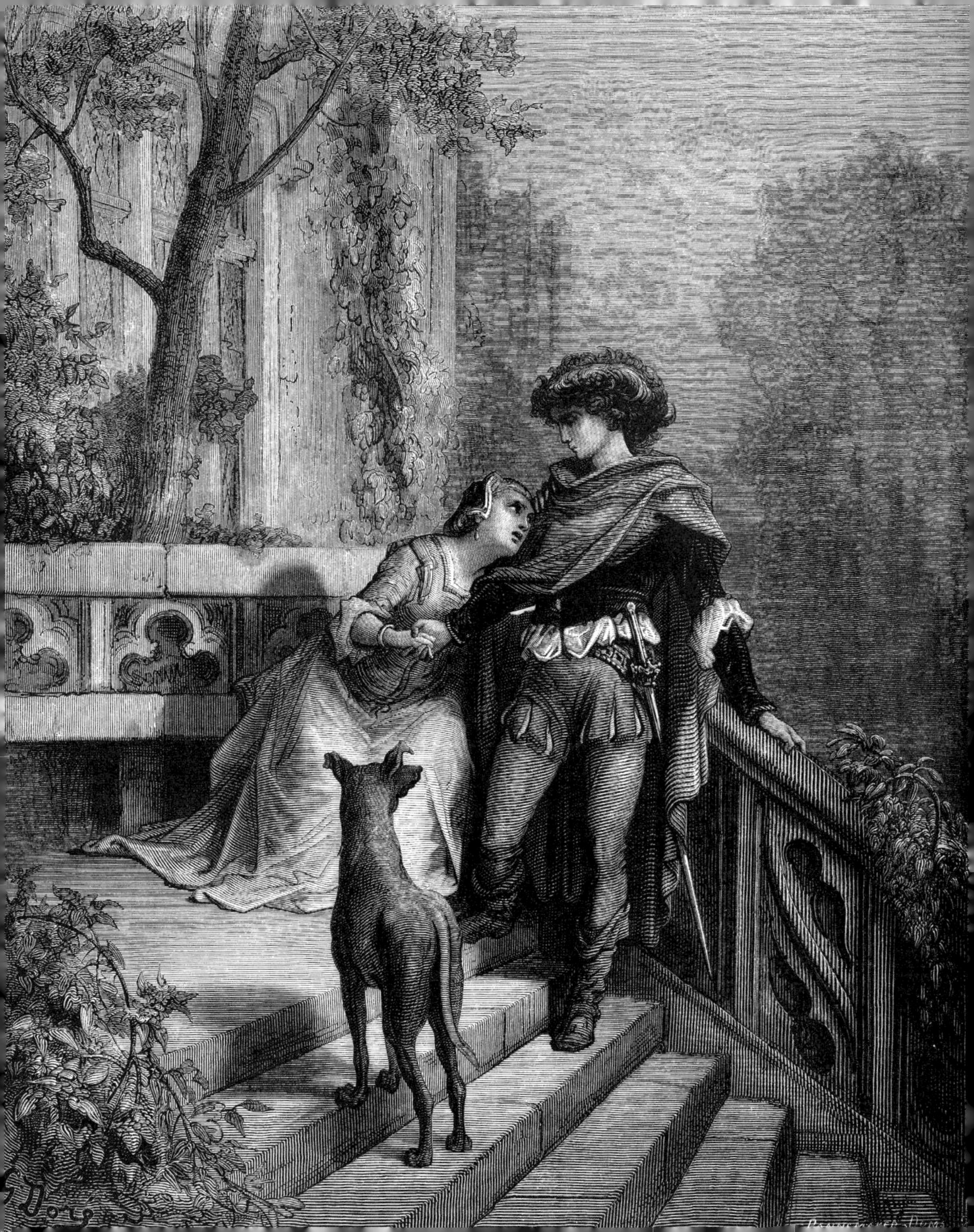

Assim falaram e se despediram chorando. Em pouco tempo, o viajante deparou-se com uma chuvarada que o fez buscar abrigo. Não encontrou mais que um arbusto, com tão pouca folhagem que o Pombo ficou molhado até os ossos. Quando passou a borrasca, enxugou-se como pôde e viu, em um campo, grãos de milho espalhados pelo solo. Aquela visão lhe abriu o apetite. Ele se aproximou e acabou preso: o milho era a isca de uma armadilha cujas redes, no entanto, estavam tão velhas e gastas que ele se pôs a bicá-las e conseguiu rompê-las e se libertar, deixando para trás algumas penas. O pior, no entanto, foi que um Abutre, ao vê-lo se soltando das redes como um condenado que escapa de um presídio, se precipitou sobre ele com as garras estendidas e prontas para agarrá-lo. Subitamente, saiu das nuvens uma Águia com as asas estendidas. O Pombo, vendo a briga entre os dois bandidos, conseguiu fugir e se refugiou em uma Choupana, pensando que ali acabariam suas desventuras. Porém, ao vê-lo, um rapazinho pegou seu estilingue e, com uma pedrada, quase deixou morto o infeliz Pombo. Este, maldizendo sua curiosidade, arrastando as asas e os pés, voltou para seu lar, sem outros contratempos. Juntos, afinal, fica ao leitor a tarefa de deduzir o tamanho de suas alegrias depois de tanto sofrimento.

Amantes, afortunados amantes, querem viajar? Não se precipitem. Sejam um para o outro um mundo sempre belo, distinto, novo. Sejam tudo um para o outro, sem fazer caso dos demais. Também amei uma vez e não trocaria os olhos daquela criatura que me julgava ser o filho de Citera e a quem consagrei meus primeiros juramentos. Ai, quando vou voltar a viver aqueles momentos doces? Será que os objetos belos e encantadores do mundo me farão viver à mercê de minha alma inquieta? Meu coração não se inflamará de novo? Terá passado, para mim, o tempo de amar?

O Macaco e o Gato

Perico, o Macaco, e Miciful, o Gato, viviam juntos em uma mesma casa. Bela dupla de malandros! Esses dois tratantes não temiam ninguém. Se algo quebrava em casa, Perico era o culpado. Miciful, de sua parte, pensava menos em perseguir Ratos e mais em comer queijo.

Certo dia, perto do fogão, os dois pilantras viram que estavam assando castanhas. Prontamente, pensaram em roubá-las: o bem deles primeiro e, depois, o mal dos outros. Perico disse a Miciful: "Irmão, hoje você tem de aprontar uma das suas façanhas. Se Deus tivesse me dado a habilidade para tirar as castanhas do fogo, que você tem, elas seriam minhas". Dito e feito: Miciful, com sua patinha, suave e manhosamente afastou um pouco as brasas e, estirando as garras, foi pegando as castanhas uma a uma. Perico, por sua vez, ia descascando-as e comendo-as. Até que uma criada os surpreendeu e os pôs para correr. Miciful, ao que parece, não ficou nada feliz com o acontecimento.

Tampouco devem ficar felizes aqueles Príncipes que, imbuídos de semelhante missão, vão a Províncias sacar castanhas em nome de algum Monarca.

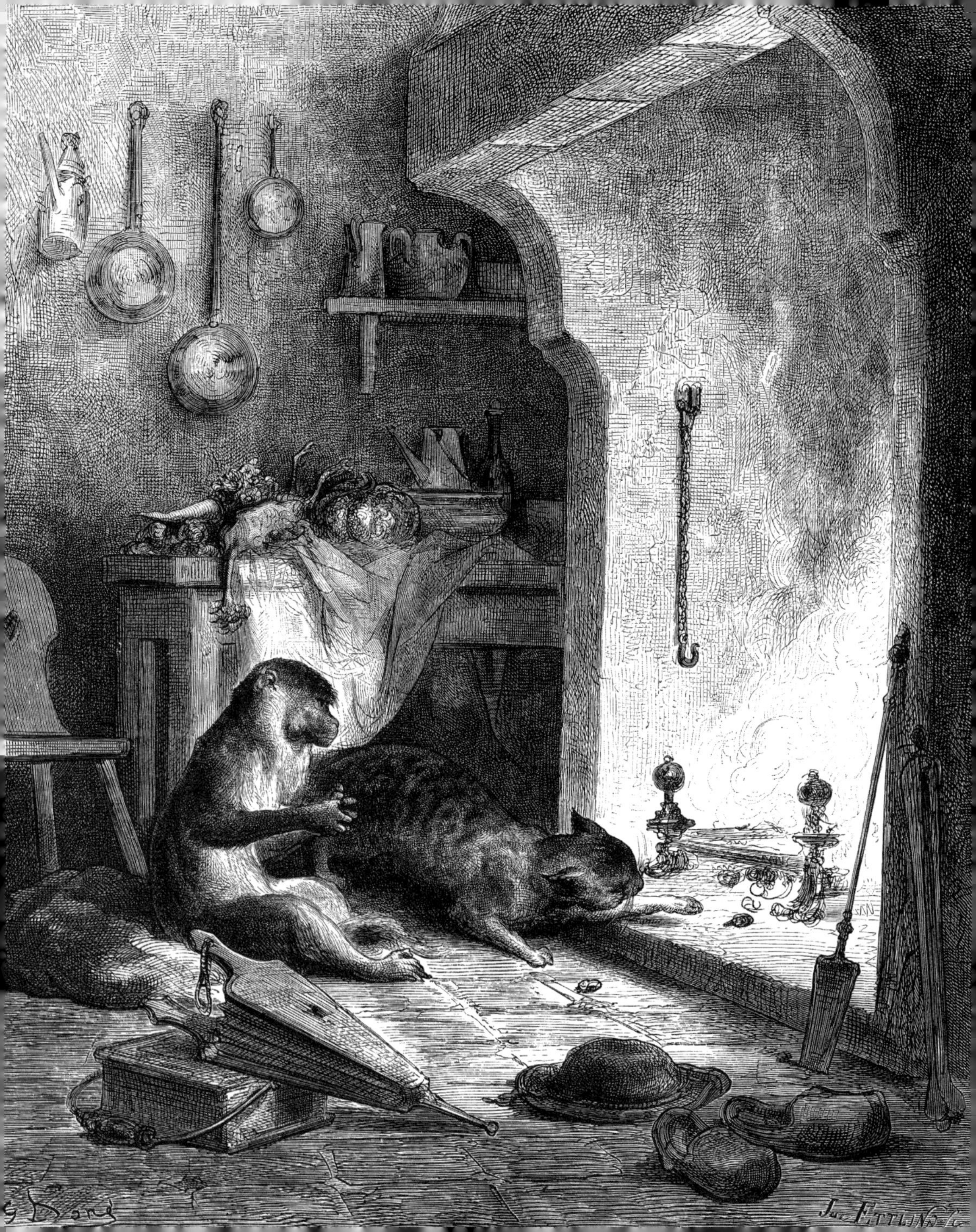

O Homem e a Pulga

Cansamos os deuses com pedidos impertinentes, e muitas vezes indignos até aos homens. Como se a divindade tivesse de manter sempre os olhos sobre nós, e como se até o último dos homens, a cada passo que dá, a cada frustração que lhe ocorre, queira ter o poder de transtornar o Olimpo e seus outros habitantes, como se se tratasse da guerra entre gregos e troianos.

Um imbecil sentiu uma Pulga, que lhe picava as costas, escondida nas dobras da roupa. "Hércules!", gritou. "Por que não livras o mundo dessa Hidra que renasce com a primavera? E por que tu, Júpiter, daí de teu trono celestial, não exterminas essa raça e me vingas dela?"

Pois para matar uma pulga, ele queria que os deuses fizessem uso da formidável clava e do feixe de raios!

O Debochado e as Pescarias

Muitos adoram os debochados; eu fujo deles. O chiste é uma arte que requer mérito superior. Deus fez os contadores de lorotas para divertir os idiotas. Apresentarei um deles nesta Fábula. Vejamos se consigo atingir meu objetivo.

Um Debochado senta-se à mesa de um rico banqueiro. Tinha a seu alcance alguns peixes pequenos e os maiores estavam distante dele. Tomou, então, um dos pequenos e fingiu que lhe falava ao ouvido e entendia sua resposta. Os comensais logo notaram a mentira e o Debochado, com grande prosopopeia, disse que estava preocupado com um amigo que havia partido para as Índias há um ano e temia que ele houvesse naufragado. Isso era o que perguntava àqueles peixinhos, e lhe diziam todos que não tinham idade suficiente para lhe esclarecer tal fato, e que os peixes velhos estariam mais bem informados. "Permitam-me que interrogue um deles?" Não sei se acharam graça do que ele disse; o que sei é que lhe foi servido um monstro marinho capaz de lhe dar conta de todos os náufragos do oceano, de cem anos até os dias de hoje.

Os dois Amigos

Em Monomotapa, viviam dois grandes amigos. Tudo o que possuíam pertencia aos dois. Assim são os amigos; não os de nosso país, é claro.

Uma noite em que ambos descansavam, aproveitando a ausência do Sol, um deles se levantou da cama assustado e correu para a casa de seu amigo. Chamou os criados, mas Morfeu reinava naquela casa. O Amigo, que dormia, acordou sobressaltado, pegou a bolsa, se armou e foi ao encontro do outro. Ele perguntou: "O que está acontecendo? Você não tem o costume de sair a essas horas, prefere dedicar esse tempo ao sono. Perdeu seu dinheiro no jogo? Aqui tem meu ouro. Entrou em alguma briga? Estou com a minha espada, vamos! Está cansado de dormir sozinho? Ao meu lado tenho uma escrava muito bela, se a quiser, posso chamá-la." "Não", respondeu o Amigo. "Não é nada disso! Eu sonhava, no sonho eu o via e você estava triste. Temi que fosse verdade e por isso vim correndo. Esse maldito sonho tem toda a culpa."

Qual dos dois Amigos é mais amigo? Aí está uma questão que vale a pena ser discutida. Ah, como é bom ter um bom amigo! Ele investiga nossas necessidades no fundo do coração e nos poupa da vergonha de revelá-las. Um sonho, um presságio, uma fantasia, tudo nos assusta quando se trata de uma pessoa querida.

O Sapateiro e o Capitalista

Um Sapateiro cantava o dia todo. Dava gosto vê-lo, mais gosto ainda ouvi-lo. Cantava e cantava, contente e feliz, mais que qualquer dos Sete Sábios da Grécia. Seu vizinho, ao contrário, embora tivesse os bolsos cheios de dinheiro, cantava pouco e dormia menos ainda. Era um homem das finanças. Quando cochilava, fatigado, ao raiar do dia, despertava-o, então, a canção do Sapateiro, e o Capitalista se queixava de que o dormir não existia para vender, do mesmo modo que havia o comer e o beber.

Um dia, mandou chamar o Cantador, e lhe disse: "Vamos ver: me diga, quanto ganha por ano?". "Por ano? Não vou lhe responder, senhor," respondeu o Sapateiro, "pois eu jamais fiz essa conta. Não me sobra uma moeda de um dia para outro e me dou por feliz de chegar ao final do ano comendo o pão nosso de cada dia." "Pois bem: e quanto ganha por dia?" "Alguns dias mais, outros menos. O ofício não seria ruim se não fossem os muitos dias em que não se pode trabalhar. Os festejos nos arruínam e cada vez mais o Cura inventa santos no calendário." O Capitalista, rindo de sua simplicidade, lhe disse: "Pois bem, quero lhe ajudar. Tome cem dobrões e guarde-os para alguma necessidade".

O Sapateiro viu naquela soma todo o ouro que a terra havia produzido em cem anos. Voltou para casa, escondeu sua fortuna numa cova e com ela sepultou suas alegrias. Adeus, cantares! Perdeu a voz assim que obteve o que causa nossas preocupações. O bom sono já lhe ficou difícil, passou a sofrer de preocupações, desconfianças e receios. Durante o dia, trabalhava, e, à noite, se um gato andasse pela casa e fizesse o menor ruído, o gato era para ele um ladrão que lhe roubaria seu tesouro. Até que o pobre homem foi procurar aquele vizinho a quem despertava com suas canções matinais. "Vou ficar apenas com minhas canções e meu sossego. Tome de volta os seus cem dobrões."

O Asno e o Cão

Devemos prestar ajuda mútua, é a lei da natureza. Um Asno desviou-se dela, certa vez. Não sei por que o fez, já que é uma boa criatura.

Seguia o Asno pelo mundo na companhia de um Cão, ambos silenciosos, sem pensar em nada, com seu dono. O dono pegou no sono e o Asno se pôs a pastar: que prado cheio de capim apetitoso! Não viu cardos, mas, como não era exigente, se conformou. Não é pela falta de um prato que se desdenha de um banquete.

O Cão, morto de fome, se aproximou dele e lhe pediu: "Camarada, abaixe-se um pouco para eu pegar meu almoço, que está no cesto preso às suas costas".

O Asno sequer lhe respondeu, pois, para ele, perder um minuto era perder parte do banquete. Fez-se de surdo por um bom tempo até que, enfim, lhe respondeu: "Aguarda, amigo. Quando nosso amo acordar, ele lhe dará sua ração. Não vai demorar".

Então, um Lobo, também esfaimado, saiu do bosque e se aproximou do Asno. O Asno chamou o Cão em seu socorro e este lhe disse: "Aguarda, amigo, nosso amo acordar. Enquanto isso, ponha-se a correr; se o Lobo alcançá-lo, quebre as mandíbulas dele com coices".

E enquanto o Cão dizia isso, o Lobo estrangulava o infeliz do Jumento. Não seria melhor se tivessem ajudado um ao outro?

As Mulheres e o Segredo

Nada pesa tanto quanto um Segredo: é uma carga que aflige especialmente as Mulheres; mas também conheço muitos homens que agem como mulheres.

Para pôr em prova sua mulher, um Marido começou a gritar quando estavam na cama: "Santos céus! Que é isso? Como isso pôde acontecer? Eu... botei um ovo!". "Um ovo?" "Sim! Olhe, ainda está quente! Não conte a ninguém, pois me chamariam de galinha."

A Mulher, ignorante neste e em outros assuntos, acreditou naquilo e prometeu, por todos os deuses, que se calaria. Porém, os juramentos se desvaneceram com as brumas da noite. Assim que raiou o dia, a indiscreta Esposa deixou o leito e correu procurar a vizinha.

"Ah, comadre! Se soubesse o que está acontecendo! Não conte a ninguém, senão vou pagar pela indiscrição: meu marido pôs um ovo grande como um punho. Por Deus, guarda bem este segredo!"

"Está brincando?", respondeu a comadre. "Não sabe quem eu sou? Pode ficar descansada."

E a faladeira voltou, satisfeita, para sua casa.

Na outra mulher, ardia o desejo de espalhar a novidade; então, correu e contou-a de casa em casa, e, em vez de um ovo, disse que foram três. E a façanha não parou nos três ovos, pois a outra comadre falou em quatro, contando o caso ao ouvido, precaução desnecessária, pois já não era mais segredo para ninguém. E, graças à voz do povo e da fama, antes de acabar o dia o número de ovos passava de cem.

O Falcão e o Galo

Às vezes nos chamam com vozes muito carinhosas; porém, não se deve fiar nelas: muitas vezes, acerta quem desconfia.

Certo Galo foi escolhido pelo cozinheiro que saiu atrás dele chamando-o afetuosamente, mas ele se fazia de surdo e quando o cozinheiro se aproximava, saía correndo pelo terreiro.

Enquanto isso, olhava-o um Falcão, pousado ali perto.

Por instinto ou por experiência, os Galos têm pouca confiança em nós. E este seria servido no dia seguinte, em um banquete suntuoso, estaria bem temperado e disposto em um belo prato, honra a qual, de bom grado, ele renunciaria. E a ave caçadora lhe disse: "Assombra-me seu mau comportamento. Os Galos são uma espécie grosseira, sem talento nem educação. Veja como eu faço: saio para caçar e depois volto para as mãos de meu dono. Não o ouve? Por acaso está surdo?"

"Ouço-o perfeitamente bem", respondeu o Galo. "Mas o que quer de mim? Pensa que não estou vendo o cozinheiro armado de um cutelo descomunal? Você voltaria ao seu dono se ele esperasse por você desse modo? Deixe-me fugir. Não ria de minha indocilidade, pois ela me põe de guarda quando me chamam com tanta cortesia. Se assassem todos os dias tantos Falcões quanto Galos são assados, não me criticaria."

O Leão, o Lobo e a Raposa

Um Leão decrépito, paralítico, já no fim de seus dias, exigia um remédio para a velhice. Aos Reis não se pode dizer que algo é impossível. Foram buscar Médicos entre todas as castas de animais, e de todas as partes chegaram os Doutores, bem providos de receitas. Muitas visitas recebeu, mas faltou a da Raposa, que não quis se intrometer. O Lobo, que também fazia a corte do monarca moribundo, denunciou a ausência de sua camarada. O Rei ordenou que prontamente fizessem a Raposa sair de sua toca e a levassem até ele. Ela chegou, apresentou-se e, receosa do que o Lobo havia falado ao monarca, disse o seguinte ao Leão: "Muito temo, Senhor, que informantes maliciosos tenham dito que minha demora em me apresentar ocorreu por falta de respeito; porém, aconteceu de eu estar peregrinando, cumprindo a promessa que fiz para o restabelecimento de sua saúde, e, durante minha viagem, pude consultar sábios e doutores a respeito da prostração que aflige Vossa Majestade. Disseram-me que lhe falta unicamente o calor que a idade fez exaurir de seu corpo; aconselharam que se agasalhasse com a pele quente, úmida e recém-extraída de um Lobo. Verá, assim, a boa proteção que o Senhor Lobo pode lhe proporcionar".

Ao monarca o remédio lhe pareceu bom. Abateram o Lobo em seguida. Da carne fizeram postas que o Leão devorou, e o monarca se cobriu com a pele do Lobo.

Aprendam, senhores cortesãos: não prejudiquem uns aos outros. Ao fazerem a corte, façam sem mexericar sobre os demais: entre vocês, o bem se paga com o mal. Os que provocam intrigas, no fim são castigados de um modo ou de outro. Trata-se de uma atividade na qual nada pode ser perdoado.

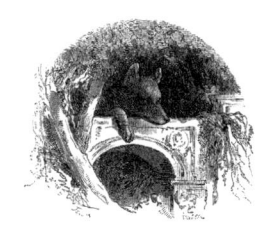

O poder das fábulas

A Monsieur De Barillon (*)

    Será que a hierarquia de um Embaixador permite que ele se rebaixe a escutar contos vulgares? Posso atrever-me a dedicar-vos meus versos e suas amenidades? Não serão considerados sem sentido por vós? Com certeza tendes assuntos mais importantes com que se ocupar do que com as brigas entre a Doninha e o Coelho. Lede minhas Fábulas ou não; mas não permitais que pese toda a Europa sobre nós. Que venham inimigos de todas as partes da Terra, posso entender. Entretanto, que a Inglaterra queira romper a amizade de nossos dois Reis, isso não posso aceitar. Já não é tempo de Luís descansar? Até mesmo Hércules se cansaria se tivesse de combater essa Hidra! Sempre há de aparecer nova cabeça que se levanta para combater seu esforçado braço? Se vossa perspi-

(*) Embaixador da Inglaterra, amigo de La Fontaine e de Madame Sevigné.

cácia e eloquência puderem acalmar os ânimos e evitar esse golpe, imolarei cem cordeiros em vossos altares: não é pouco para um hóspede do Monte Parnaso. Por enquanto, aceitais esses grãos de incenso; não desconsidere meus pedidos nem o relato que a vós dedico. O assunto vos convém; não direi mais nada, não permito que insistis em vossos elogios, mesmo que sejam merecidos, pois até a Inveja os cerca.

Em Atenas, cidade frívola e caprichosa, um Orador, que via sua pátria em perigo, correu para a Tribuna. Valendo-se de um discurso tirânico para forçar as vontades de uma república, falou eloquentemente sobre a salvação comum. Não prestava atenção nele. Apelou às imagens brilhantes que excitam os ânimos dos mais lentos. Falou aos mortos; gritou e se esforçou o quanto pôde. Suas palavras foram levadas pelo vento, ninguém se comoveu. Aquele povo frívolo estava acostumado com os discursos vazios e nem se dignava a escutar o orador. Ocupavam-se de outras coisas: havia até quem ignorava o discurso para atender às manhas de criancinhas.

Que fez, então, o tribuno? Tomou outro caminho. "Ceres partiu em viagem com a Enguia e a Pomba. Um rio atravessou o caminho; a Enguia, nadando, e a Pomba, voando, chegaram à margem oposta do rio." "E Ceres? O que fez?", perguntou o povo a uma só voz. "O que fez? Encolerizou-se contra vocês. E com razão! Como é possível que se interessem por histórias para crianças e, entre todos os povos da Grécia, sejam o único que não reconhece o perigo que os ameaça? O que deviam me perguntar não é o que Ceres fez, mas sim o que Filipe faz." E foi assim que a assembleia, subjugada, entregou-se por completo ao Orador, tamanha a eficácia da pequena fábula!

Somos todos atenienses nesse ponto; até eu mesmo, que estou escrevendo esta moral da história. Se vierem contar-me agora uma fábula nova, vou ouvi-la com todo gosto. Dizem que o mundo é velho, mas temos de entretê-lo e diverti-lo como a um menino.

A Torrente e o Rio

Com um ruído estrondoso, uma Torrente descia as montanhas. Todos fugiam dela, o horror seguia seus passos e fazia tremer os campos. Nenhum viajante se atrevia a desafiar aquela barreira poderosa. Um único, ameaçado por um bando de ladrões, para escapar deles se meteu no meio da água ameaçadora. A Torrente não era funda; o homem passou mais medo do que perigo.

Como se safou do perigo, esse mesmo homem ganhou coragem e, ainda sendo perseguido pelos mesmos ladrões, encontrou, em seu caminho, um rio cuja corrente plácida era a própria imagem da tranquilidade. Acreditou que seria a coisa mais fácil do mundo atravessá-lo: suas margens não eram escarpadas, havia somente areia limpa e miúda. Entrou na água e seu cavalo o pôs a salvo dos bandidos, mas não das infernais águas: cavalo e cavaleiro, maus nadadores, giraram e foram engolidos pelas águas profundas, e, dali, partiram para a Lagoa Estígia, passagem para o mundo sobrenatural.

Guardem distância dos que calam: são esses, sempre, os mais perigosos.

O Cão que levava comida a seu dono

Os olhos são isentos da tentação da formosura e livres são as mãos da tentação do ouro: poucos são os que guardam um tesouro com tamanha fidelidade.

Um Cão levava o almoço de seu dono pendurado no pescoço. Controlava seus desejos, mesmo quando era tentado por uma bela fatia de carne. Não estamos todos sujeitos a tais fraquezas? Estranha contradição! Ensinamos aos cães a temperança, mas os próprios homens não a conseguem assimilar.

Voltemos, então, ao Cão. Aconteceu que passou por ele um mastim que quis lhe tomar a comida. Não ganhou a batalha tão facilmente, como acreditava: nosso Cão depositou no chão a carga e, livre dela, começou a grande batalha. Chegaram outros cães, entre eles alguns desses que vivem pelo país roubando. Nosso Cão percebeu que não podia brigar com todos e, vendo que o bife corria perigo, quis a parte dele, como era razoável. "Chega de brigar!", lhes disse. "Não quero mais do que minha parte; para vocês, o que restar." E assim dizendo, tratou de escolher seu pedaço. Cada um tirou sua parte e todos participaram da merenda.

Vejo, neste caso, um exemplo vivo de uma cidade que fica à mercê de seu povo. O mais ligeiro dá o exemplo aos demais e, num instante, esvaziam-se as arcas. Como se fosse um passatempo.

Se alguma pessoa honesta quiser defender o bem público com razões frívolas, a fazem achar que não passa de uma boba solene. E não lhe custa muito a se convencer, a ponto de pelejar para ser o primeiro a comecar a se lambuzar.

Júpiter e os Trovões

Júpiter, cansado de nossas faltas, disse um dia, em seu trono celestial: "Vamos encher o mundo com novos hóspedes, pois está habitado por essa espécie que me importuna e me cansa. Vá ao Inferno, Mercúrio, e traga a mais feroz das Três Fúrias. Espécie de que eu tanto cuidei, logo você terá um fim!". Porém, não demorou para Júpiter moderar sua cólera.

Oh, pai dos deuses, que são árbitros de nossa sorte, permita que haja o intervalo de uma noite entre a sua ira e a tempestade que ela produz!

O deus das asas ligeiras e palavras doces foi em busca das sinistras irmãs. Escolheu a implacável Alecto, que jurou submeter toda a raça humana às deidades infernais. Júpiter não aprovou o juramento da Fúria e a dispensou; no entanto, lançou um raio à Terra naquele mesmo momento. O Trovão, guiado pela mão do pai daqueles mesmos a quem ameaçava, contentou-se apenas em assustá-los. Não abrasou mais que um deserto desabitado. Todo pai desvia o golpe quando o dirige contra seus filhos.

O que aconteceu? A raça humana se aproveitou daquela indulgência. Todo o Olimpo se queixou e o Rei do Olimpo jurou por Styx que enviaria tempestades destruidoras. Os outros deuses sorriram e lhe disseram que, como era pai, devia confiar a alguns deles esse encargo. Vulcano se encarregou da tarefa. Lançou dois tipos de flecha. Algumas terminaram no vazio, e são essas que ainda nos são enviadas do Olimpo. Outras se desviam de seu curso e somente chegam ao solo nas crestas das montanhas: são as que procedem da mão do próprio Júpiter.

A vantagem do saber

Surgiu uma discussão entre dois Burgueses. Um era pobre e sábio; o outro era rico e ignorante. Pretendia este triunfar sobre seu oponente, alegando que toda pessoa razoável devia prestar-lhe respeitos. Que cretino! Acaso merece alguma reverência a riqueza desprovida de outros méritos?

"Amigo meu," dizia o Rico ao sábio, "você se considera uma pessoa respeitável, porém, diga-me: sua mesa é farta? De que serve os doutores gastarem os olhos lendo sem cessar se têm sempre de viver humildemente e não têm por Lacaio sequer a própria sombra? Homens úteis são aqueles que fazem bem a todos com seu luxo. Nossos prazeres dão trabalho para o artesão e para o comerciante, e até para vocês, quando resolvem dedicar aos Senhores ricos míseros livros, que são muito bem pagos."

Essas palavras impertinentes tiveram a resposta que mereciam. Mas não naquela hora, pois o sábio tinha muito a dizer, tanto que preferiu se calar. Como homem bem informado, sabia que uma guerra estava prestes a acontecer.

E veio a guerra. Marte destruiu a cidade que os dois vizinhos habitavam e eles tiveram de deixá-la. Foram para outra cidade e ninguém quis abrigar o Ignorante, que foi mal recebido em todos os lugares. O Sábio, no entanto, encontrou todas as portas abertas.

Assim terminou a discussão. Que digam os tolos o que queiram dizer, o saber vale muito.

O Rato e o Elefante

Este é um tipo de achaque comum na França: muitos pobres-diabos alardeiam serem pessoas de grande importância. É uma enfermidade do país: a vaidade é nosso defeito. Os espanhóis também são vaidosos, porém de outra maneira. O orgulho deles me parece mais louco, menos idiota. Já o nosso orgulho se eleva acima de qualquer coisa.

Um Rato pequeno, dos mais diminutos, vê um Elefante, dos mais corpulentos, mover-se numa pausada marcha, levando uma famosa sultana às costas, que peregrinava com sua ama, seu gato, seu macaco, sua maritaca, suas aias e toda sua casa. O Rato ficou indignado que aquele gigantesco volume fosse admirado pelos transeuntes, como se por ocupar mais ou menos o espaço, dizia, o fizesse mais ou menos importante. "Ora, por que o admiram tanto? Esse corpanzil põe medo nas crianças? Somos pequenos, mas não temos medo de nada, nem de Elefantes." Ele queria falar muito mais, mas o Gato fugiu de sua gaiola e o fez ver, num abrir e fechar de olhos, que um Rato não é um Elefante.

O Urso e o Jardineiro

    Um Urso selvagem, relegado por sua pouca sorte a um bosque deserto, vivia solitário e escondido. Novo Belerofonte, estava quase ficando louco, pois não existe o que transtorne mais o juízo do que o isolamento. Falar é bom; calar pode ser melhor. Porém, uma coisa e outra levadas ao excesso são igualmente danosas. Nenhum animal aparecia onde o Urso vivia. Por fim, o Urso, se conformou com aquela triste vida. Um dia, enquanto se entregava à melancolia, um Velho, que vivia nas cercanias, também estava entediado. Gostava de jardins, era sacerdote de Flora e também de Pomona. Belas atribuições, porém, para completá-las, faltava-lhe um amigo, pois os jardins falam pouco ou nada, exceto em meus livros. Cansado de viver com mudos, certa manhã nosso homem saiu de casa para achar companhia. Com o mesmo objetivo havia saído o Urso de seu bosque e, no meio do caminho, acabaram se encontrando. O velho teve medo, mas como evitar o encontro? O que fazer? O melhor nesses casos é bancar o valente. Dissimulou, então, seu medo. O Urso, que nunca pecou pela falta de cortesia, lhe disse: "Homem, me faça uma visita!". E o Velho lhe disse, por sua vez: "Senhor, minha casa fica logo adiante. Seria uma honra oferecer-lhe minha hospitalidade. Tenho frutas e leite, pode não ser próprio para um Urso, mas ofereço o que tenho". O Urso aceitou a oferta e caminharam juntos.

Antes de chegarem à casa, já eram bons amigos; uma vez nela, se tornaram excelentes camaradas. Dizem que mais vale estar só do que na companhia de um tolo; porém, como o Urso não disse quatro palavras em toda a jornada, não atrapalhava o Jardineiro em seus afazeres. O Urso saía, trazia boa caça e ainda prestava ao companheiro um serviço especial: espantava-lhe as moscas. Uma vez, quando o Velho estava profundamente adormecido, lhe pousou uma mosca na ponta do nariz. O Urso a espantava e ela voltava e deixava exasperado o animal, que acabou dizendo para si mesmo: "Vai ver como eu pego você!". Agarrou uma pedra enorme e a atirou com toda força: esmagou a mosca e arrebentou o crânio do amigo jardineiro.

Nada é mais perigoso que um amigo estúpido; melhor é ter um inimigo sábio.

O Rato e a Ostra

Um Rato nascido no campo se cansou de vez do Lar. Deixou, assim, os domínios paternos, os grãos e as ramas, e saiu pelo mundo.

Assim que saiu de sua toca, exclamou: "Que espaçoso é o mundo! E ali estão os Apeninos! E mais adiante, o Cáucaso!". Qualquer monte de terra feito por toupeira era, para ele, espantoso. Passados alguns dias, o viajante chegou a uma praia onde Tétis deixou algumas Ostras na areia, e nosso Rato acreditou, ao vê-las, que eram grandes embarcações. "Na verdade, meu pai era um pobre homem, que não se atrevia a viajar, com medo de tudo. Já eu, não! Quero ver o império de Netuno e cruzar os desertos áridos da Líbia."

De um professor da Vila havia aprendido tudo isso e o aplicava como Deus lhe dava a entender, pois os ratos não se tornam sábios apenas roendo livros.

Entre tantas Ostras, fechadas quase todas, havia uma aberta. Bocejando ao Sol, respirava a brisa fresca; era branca, tenra e, a julgar pela aparência, saborosa. Assim exclamou o Rato ao ver aquela Ostra viva e palpitante: "Que vejo? Se não me engana a aparência, é muito requintado e delicioso o que se apresenta, como nunca provei". E o Mestre Rato, cheio de esperança, se aproxima do marisco, estica o pescoço e se sente preso numa armadilha: a Ostra se fechou. São essas as consequências da ignorância.

Mais de uma lição encerra esta fábula: vemos, em primeiro lugar, como se surpreendem com pequenas coisas os que não têm conhecimento do mundo. Vemos também que, às vezes, aquilo que parece estar melhor sob mira é, na verdade, um tiro que saiu pela culatra.

As honras fúnebres da Leoa

A esposa do Leão morreu. Todos correram para apresentar suas condolências ao Rei, com as frases de consolo que agravaram a aflição do viúvo.

Disse o Leão a seu Reino que em tal dia, hora e lugar seriam celebradas as honras fúnebres: seu séquito e seus vassalos estariam ali para prestigiar a cerimônia. Não faltou ninguém. O Monarca entregou-se aos extremos de sua dor, acompanhando os lamentos do rei, todos os cortesãos também lamentaram, cada qual a seu modo.

Defino uma corte como uma terra povoada por gente triste, feliz, a tudo disposta e a tudo indiferente, que é como seu Rei deseja que seja, e, se não for, as pessoas devem aparentar sê-lo. Povo-camaleão, povo-macaco, copia sempre o amo e senhor. Um só espírito anima os mil corpos que esse povo possui; por isso se pode dizer que os homens não são mais do que máquinas.

    Voltando a nossa narrativa, o Cervo não chorou. Como chorar se aquela morte o vingava de certo modo? A Leoa havia estrangulado sua esposa e seus filhos. Então, ele não chorou. Um adulador foi denunciá-lo a Sua Majestade e acrescentou que até o havia visto sorrir. A cólera do Rei é terrível, como disse Salomão, sobretudo a do Rei Leão. Mas aquele Cervo não havia lido a Bíblia. O Monarca lhe disse: "Covarde, você ri! Ri, apesar de todos os lamentos! Não me dignarei a manchar minhas garras sacrossantas em você. Venham, Lobos, vinguem a Rainha. Acabem com esse traidor com suas augustas presas". O Cervo lhe respondeu: "Senhor, passada a hora das lágrimas, a dor é inútil. Vi o vulto sagrado de sua digna esposa, que apareceu diante de mim bem perto daqui. Imediatamente a reconheci. Ela me disse: "Amigo, trate de não chorar enquanto os deuses me abrem sua morada. Nos Campos Elíseos, eles desfrutam os supremos gozos celestes conversando com bem-aventurados, como eu. Quanto ao Rei, deixe que ele se entregue por algum tempo ao desespero, me fará bem.'". Ao ouvirem isso, todos gritaram: "Milagre! Apoteose!", e o Cervo recebeu um presente ao invés do castigo.

    Divirta os Reis com fantasias e ilusões; adule-os; diga-lhes mentiras lisonjeiras. Por mais indignados que estejam, morderão a isca e farão de você o favorito.

O Paxá e o Mercador

Um Mercador grego comerciava ilegalmente em certo país do Oriente. Um Paxá o protegia e o grego o pagava como paxá, não como mercador, tão importante considerava sua proteção. Porém, essa proteção lhe custava um preço muito alto e ele fazia reclamações a todos que encontrava. Outros três turcos, de menor categoria, foram oferecer apoio. O apoio dos três custaria menos do que ele pagava a apenas uma pessoa. O Mercador aceitou a oferta e alguns fofoqueiros foram comunicar a novidade ao Paxá. Aconselharam-no a agir com prudência e tratar de encarregar aqueles três indivíduos de uma mensagem para Maomé, em seu paraíso celestial, sem pestanejar. Senão, os três camaradas se anteciparam; há pessoas, em toda parte, prontas para se vingar. Enviariam, certamente, algum veneno que protegesse mercadores ilegais em outro mundo.

O Paxá, confiante, ao receber esse aviso portou-se como Alexandre. Prontamente dirigiu-se à casa do Mercador e sentou-se a sua mesa. Mostrava-se tão seguro em suas palavras e em sua fisionomia, que não se suspeitava que estava interado da trama. "Amigo," lhe disse, "sei que está me abandonando e me dizem que devo temer pelas consequências; porém, creio que você seja um homem de bem. E sobre os sujeitos que lhe oferecem apoio, escuta, não o molestarei com longas explicações, deixe-me apenas lhe contar uma história."

"Havia um pastor, seu Cão e seu rebanho. Um dia, alguém perguntou ao pastor para que queria um mastim que comia um pão inteiro todos os dias. O melhor seria dar aquele enorme cão ao Senhor do lugar. A ele, ao pobre Pastor, convinha mais ter dois ou três Cachorrinhos, com os quais gastaria menos do que com um único mastim. Era verdade que o mastim comia por três, porém não disseram que também valia por três quando os lobos atacavam as ovelhas. O Pastor se desfez do mastim e pegou três Cães pequenos, que comiam menos, mas fugiam quando o inimigo aparecia. Sofreu o Pastor e o rebanho, e você sofrerá também se confiar naqueles canalhas. Acredite e volte a ter meu apoio."

O grego acreditou nele. Esta história serve para ensinar às províncias que vale mais confiar em um Rei poderoso a apoiar-se em muitos príncipes insignificantes.

Tirso e Amaranta

Para a Mademoiselle de Sillery (*)

Havia deixado Esopo para me dedicar a Boccaccio, porém, uma divindade me pede novas fábulas. Dizer não, sem mais nem menos, não fica bem, tratando-se de divindades, e muito menos se são aquelas que reinam por sua beleza em todos os corações. Então, tenho de dizer, para que não se alegue a ignorância, que é Sillery quem se empenha para que eu fale, outra vez, do Lobo e do Senhor Corvo. Se ela assim pediu, assim será: quem pode resistir a quem tanto merece?

Porém, vamos ao caso. Meus contos, a seu parecer, pecam por ser obscuros; os bons espíritos não os entendem bem. Vamos contar, então, histórias que consigamos decifrar sem explicações. Tiremos de cena os pastores e narremos o que dizem entre si Lobos e Cordeiros.

(*) *Gabriela Francisca Bruslart de Sillery, sobrinha do duque de Rochefoucauld.*

Dizia Tirso à jovem Amaranta: "Se sentir um dia, como eu, um mal que seduz e encanta, não encontrará no mundo felicidade maior. Consinta que eu lhe diga, crê em mim, não tenha medo. Poderia enganá-la, eu, que tanto a estimo?". Amaranta respondeu no ato: "E como se chama esse mal? Que nome lhe dá?". "Amor." "Ah, que linda palavra! E o que ele nos faz sentir?"

"Uma aflição com a qual, se comparados, são sem graça e maçantes os prazeres dos Monarcas. Atrai-nos e nos dá prazer uma solidão de selva. Mira-se o espelho de uma fonte e não se vê a própria imagem, mas sim a de outra pessoa que lhe segue por onde quer que vá, sem cessar. Para todo o restante, os olhos ficam cegos. Há um Pastor na aldeia de quem a imagem, a voz, o nome fazem ruborizar a face da garota; cuja simples recordação a faz suspirar. Por quê? Não se sabe. Porém, a verdade é que suspira, que tem medo de vê-lo, e que o deseja."

Amaranta o interrompeu, dizendo: "É dessa enfermidade que você vive me falando? Não é preciso repetir, eu a conheço muito bem!".

Tirso acreditava haver atingido seu objetivo, quando a garota completou: "É exatamente o que sinto por Clidamante!". E Tirso quis morrer de vergonha e despeito.

Muitos são como Tirso: pensam que agem para si, mas, na verdade, estão trabalhando para o outro.

A Rã e a Ratazana

Muitas vezes, como disse Merlin, quem quer enganar o outro, acaba enganando a si mesmo. Lamento que essa frase pareça sem sentido hoje. Mas, para mim, ela sempre teve força. Para demonstrar o que quero, vou contar uma história.

Uma Ratazana, sagaz e gorda, que não conhecia o Advento nem a Quaresma, passeava pelas margens de um pântano para alegrar sua alma. Dela acercou-se uma Rã, que lhe disse em sua língua: "Venha ver-me amanhã, haverá um bom banquete". A Ratazana concordou imediatamente, a Rã não precisou insistir. Mesmo assim, ela contou sobre as delícias do banho, a curiosidade, o prazer da viagem e muitas raridades que há no pântano. Um dia, seu hóspede contaria a seus filhinhos sobre as belezas daquele lugar, os costumes de seus habitantes e o governo daquela República Aquática. Porém, havia um inconveniente para a Ratazana. Ela sabia nadar pouco, ia precisar de ajuda.

A Rã logo encontrou a solução: amarrou suas patas traseiras nas patas da Ratazana com um junco macio e flexível. Dentro do pântano, nossa boa Anfitriã se esforçava em afundar sua Convidada, sem se importar com sua atitude. Pensava apenas nas saborosas postas que faria de sua vítima e já lambia o beiço, deliciada. A pobre Ratazana invocava todos os deuses; a malvada Rã zombava dela.

Com uma puxando e a outra resistindo, um falcão que estava por ali, pelos ares, percebeu que as duas lutavam. Ele voou sobre a Ratazana, a levou nas garras e, na outra ponta do laço de junco, estava a malíssima Rã. A jovem ave agradeceu a dupla presa! Ceou carne e pescado.

A armadilha mais esperta é, às vezes, a ruína de quem a inventou. A traição se volta com frequência contra o traidor.

O Peixe pequeno e o Pescador

Um Peixe pequeno torna-se grande, se Deus lhe dá vida. Mas soltá-lo para que cresça me parece tolice, pois pescá-lo outra vez é pouco provável.

Uma Carpa pequeníssima caiu no anzol de um Pescador, na beira de um rio. Ao ver o que pescou, ele pensou: "É bem pequeno, sim, mas é Peixe!". Enquanto guardava o Peixe na cesta, a Carpinha lhe disse: "Para que me quer? Não dou nem para meio bocado. Deixe-me crescer, serei uma bela Carpa e, então, me pescará e me venderá no mercado por um bom preço. Agora, nem com muitos iguais a mim você poderá fazer um jantar; e que jantar pobre seria!". "Pobre ou não, minha amiga," replicou o Pescador, "você vai para a frigideira. Você está pregando no deserto. Hoje à noite será frita."

E ele tinha razão: mais vale um pássaro na mão do que dois voando.

A sentença de Sócrates

Sócrates estava construindo uma casa e todos criticavam sua obra. Alguns diziam que o interior era indigno de uma pessoa de tanto valor. A outros parecia que a fachada era feia. Todos concordavam que a casa era muito pequena. "Que casa!", exclamavam. "Não dá nem para se mexer aí dentro." "Pois mesmo ela sendo pequena, como é, agradecerei aos Céus se nela couberem os verdadeiros amigos", respondeu o filósofo.

Tinha razão o bom Sócrates em julgar a casa grande o suficiente para receber os amigos. Amigos há muitos, mas só de nome; de verdade, há pouquíssimos.

O Cavalo que se vingou do Cervo

Nem sempre o Cavalo serviu ao homem. Quando o gênero humano se contentava em se alimentar de frutos do carvalho, Asnos, Cavalos e Mulas eram habitantes das florestas. Não se viam então, como agora vemos, tantos bridões e selas, tantas armaduras para a guerra, tantas carruagens e carroças. Pois bem, naqueles tempos, um Cavalo, insultado por um Cervo, saiu em sua perseguição. Não podendo alcançá-lo na corrida, pediu a ajuda de um Homem que lhe colocou arreios, subiu em seu dorso e conduziu-lhe até que alcançaram o Cervo e lhe tiraram a vida.

Conseguido o feito, o Cavalo agradeceu mil vezes a seu benfeitor, dizendo-lhe: "Estou às ordens! Adeus! Volto para meu lugar, na floresta selvagem". "Não faça isso", respondeu o homem. "Estará muito melhor em minha casa, pois reconheço seu valor. Venha comigo e será tratado como um rei."

Ora! De que vale uma boa ração quando não se tem liberdade? O Cavalo percebeu que havia feito uma tolice, mas era muito tarde. O estábulo estava pronto e o pobre morreu puxando uma carroça. Teria sido melhor se tivesse ofendido um pouco o Homem.

O prazer da vingança pode ser bom, mas não vale a pena se custar o preço da liberdade, o maior bem que há.

O Oráculo e o Incrédulo

Querer enganar o Céu é uma loucura da Terra. Os corações, em seu obscuro culto, não têm recanto algum que escape das vistas dos deuses. Estes veem tudo o que o homem faz, até o que ele pensa fazer escondido.

Certo Pagão, pouco devoto, que acreditava em Deus para se beneficiar de uma herança, foi consultar Apolo. Assim que chegou no santuário, lhe perguntou: "O que tenho na mão está vivo ou morto?". Levava na mão um Pardal e ia esmagar o pobre passarinho ou soltá-lo, para enganar Apolo. No entanto, Apolo sabia com quem estava conversando. "Vivo ou morto, mostre-me o Pardal e não faça truques. Sua astúcia de nada vale: eu a vejo de longe e também a tenho."

A Cotovia e seus filhotes e o Camponês

Não confie em ninguém mais do que em si mesmo: esta é uma máxima muito sábia. Você vai entendê-la melhor com o exemplo que Esopo nos deu.

As cotovias fazem seus ninhos no trigal, quando o trigo floresce: é a estação em que todos sentem a seta do amor atingir seus corações, desde os monstros marinhos na profundeza dos mares e os tigres nas florestas, até as cotovias nos campos. Uma das aves havia deixado passar metade da primavera sem provar do amor; mesmo assim, decidiu seguir os impulsos da natureza e se tornou mãe.

Construiu um ninho às pressas, botou seus ovinhos, chocou-os e nasceram os filhotes: tudo ia bem. O trigo já estava grande e maduro antes que a cria tivesse forças para voar. Receosa em se separar de seus Filhotes para buscar sustento, a Cotovia recomendou que ficassem sempre espertos. "Se virem o Camponês com seu filho, ouçam bem o que dizem e vamos agir segundo aquilo que conversarem."

Assim que a Cotovia deixou sua família, o Camponês e seu filho chegaram. Disse o pai ao filho: "O trigo está pronto para a colheita, chame nossos amigos. Peça que tragam uma foice e venham nos ajudar na aurora do dia".

Quando a Cotovia voltou, os Filhotes disseram para a mãe o que ouviram. Um começou: "Ele disse que no comecinho do dia vai trazer os amigos para ajudar na colheita". E ela lhes respondeu: "Se nada mais disseram, não há pressa para deixar o ninho. Amanhã prestem ainda mais atenção no que dizem.

Não fiquem aflitos, aqui está a comida." Todos comeram e foram dormir, a mãe e os filhotes.

O dia amanheceu e não apareceu ninguém para a colheita. A Cotovia saiu para buscar comida e o Camponês veio fazer sua visita costumeira. "Nossos amigos não vieram e esse trigo pode estragar! Filho, chame nossos parentes, peça que venham nos ajudar!" Os Filhotes entraram em alvoroço. "Agora eles chamaram os parentes, mãe! Chegou o momento de irmos embora!" "Não, meus filhos, podem dormir em paz; não vamos sair daqui." A Cotovia tinha razão porque ninguém apareceu naquele dia também.

Pela terceira vez, veio o Camponês ver seu trigo. "Erramos em confiar em nossos amigos e parentes. Agora, tudo depende de nós. Filho, faça o seguinte, chame todos os empregados, compre as foices necessárias e começaremos a colher o trigo imediatamente."

Quando a Cotovia soube disso, se apressou: "Não temos tempo a perder, vamos sair daqui o quanto antes!". E voando, do jeito que conseguiram, todos trataram de sair do ninho em que nasceram.

O Avarento que perdeu seu tesouro

Nada possui aquele que não usa o que tem.

Digo isso aos avarentos, cuja única paixão é acumular riquezas, sem tréguas nem descanso. Que vantagem levam sobre os outros homens? Diógenes é tão rico quanto eles, pois eles vivem uma vida tão miserável quanto Diógenes. Tomemos como exemplo o Avarento do tesouro escondido, do qual Esopo nos falou.

Aquele infeliz aguardava uma segunda vida para usufruir de suas riquezas: não era dono, mas sim escravo delas. Tinha um tesouro enterrado e com ele enterrou, também, seu coração. Seu único prazer era pensar naquele tesouro noite e dia, jurando respeitá-lo sempre. Fosse o que fosse que comera ou bebera, jamais desviava o pensamento do lugar onde estava enterrado seu capital. Tantas vezes foi visitá-lo que alguém o seguiu, suspeitando de algo. Essa pessoa pegou o tesouro do Avarento e não deixou pistas. Um dia, o Avarento encontrou o ninho vazio: o pássaro havia voado. Ao ver nosso homem gemendo e suspirando (quanto choro, quantos lamentos!), um viajante lhe perguntou o que o afligia.

"Roubaram meu tesouro!"

"Seu tesouro? De onde?"

"Daqui! Estava debaixo desta pedra."

"E por que o guardou aqui? Por acaso estamos em tempos de guerra? Não seria melhor se o tivesse guardado em casa? Poderia tê-lo usado quando quisesses."

"Quando quisesses! Santo Deus! Nunca faria tal coisa! Por acaso o dinheiro vem tão fácil quanto vai? Eu não tocaria nunca em meus bens."

"Então, por que está tão nervoso? Se não tocaria jamais em seu tesouro, coloque uma pedra no lugar dele e o terá de volta."

O Olho do Dono

Um Cervo, que se escondeu em um estábulo de Bois, foi aconselhado por eles a procurar um lugar melhor para ficar. "Irmãos," disse o Cervo, "eu lhes contarei onde estão os melhores pastos se não me denunciarem, e logo verão que posso lhes ter alguma serventia." Os Bois, então, prometeram guardar segredo. Escondido em um canto, o Cervo respirou fundo e se acalmou.

A tarde chegou. Era hora de capim fresco e forragem, como de costume. Os Moços que trabalhavam no estábulo e na lavoura vinham e voltavam; nenhum deles reparou na galha que ornava a cabeça do Cervo e ele agradecia a Deus, esperando que eles voltassem ao trabalho para poder escapar em momento oportuno. Um dos Bois, ruminando, lhe disse: "Até agora, tudo está bem; porém, um dos homens que ainda não fez a ronda, o homem dos cem olhos. Temo por você, quando ele vier. Então, não pense que está seguro, pobre Cervo".

As orelhas da Lebre

Um animal com chifres feriu o Leão. Colérico, ele baniu de seus domínios todos os animais com chifres. Carneiros, Cabras, Touros e até Cervos foram expulsos e se foram, para que o incidente não se repetisse.

Uma Lebre, vendo a sombra de suas próprias orelhas, se assustou e temeu que algum Inquisidor pensasse que fossem chifres. "Adeus, vizinho", disse ao Grilo. "Vou-me embora. Como vê, minhas orelhas podem ser confundidas com chifres, e mesmo que as tivesse mais curtas, como as do Avestruz, correria o mesmo risco." O Grilo lhe respondeu: "Acha que sou um tolo? Orelhas são somente orelhas, as suas orelhas." "Mas as tomarão por chifres", disse o medroso animal, "e chifres dos mais terríveis! Protestarei em vão, serei condenada e verá como me apertarão o pescoço!"

O Lavrador e seus Filhos

Trabalhar, trabalhar sempre: esse é o caminho mais seguro.

Um Lavrador velho e rico, sentindo que estava para morrer, chamou seus Filhos e lhes disse sem testemunhas. "Não queiram vender a terra que nossos antepassados nos deixaram. Nela há um tesouro escondido. Não sei onde está, mas se o procurarem, o encontrarão. Lavrem bem todo o campo logo depois da colheita; cuidem da terra para não deixar que nenhuma parte dela seja invadida pelas ervas daninhas."

O pai morreu e os filhos, à procura do tal tesouro, revolveram todo o campo e voltaram a revolvê-lo cuidadosamente, sem deixar de escavar um único metro de terra. Ao cabo de um ano, a colheita dobrou. Não encontraram sequer uma moeda, mas aprenderam o que o pai lhes ensinou antes de morrer: que o maior dos tesouros é o trabalho.

Mal o Boi fechou a boca, o Homem apareceu. "O que é isso?", gritou a seus empregados. "Tem pouco capim nos cochos! Aqueles Bois estão sujos! Tragam mais palha! Vocês cuidam mal dos animais. Que custa tirar essas teias de aranha? Por que não colocam em ordem essas coelheiras?" Olhando isso e aquilo, percebeu uma cabeça a mais entre os animais do estábulo. O Cervo foi descoberto: cada qual pegou uma estaca e bateu nele. Foram inúteis suas lágrimas, não o salvaram. Levaram o Cervo morto, o salgaram e as postas de carne pareceram saborosas ao dono da casa e a seus amigos.

Fedro disse muito bem, a propósito desta fábula: nenhum Olho é tão vigilante quanto o do Dono. Eu acrescentaria o do Amante.

A Panela de ferro e a Panela de barro

A Panela de ferro, certo dia, propôs um passeio à Panela de barro. Esta se desculpou, alegando que ficaria melhor junto ao fogão, aquecida, pois era tão frágil que qualquer coisa a quebraria. Nem um pedacinho ficaria intacto. "Já você é muito mais forte e não há nada que possa lhe deter." Mas a Panela de ferro lhe respondeu: "Eu a protegerei e, se algum objeto duro a ameaçar, eu a livrarei do golpe".

Convencida pelo argumento da Panela de ferro, a Panela de barro concordou em ir passear. Ambas as panelas moviam seus três pés, mancavam e se arrastando como podiam, batendo uma na outra ao menor tropeço. E quem levou a pior? A pobre Panela de barro, que mal havia andado cem passos e se quebrou em cacos por causa de sua própria amiga. Nem teve como se queixar.

Devemos nos associar aos nossos iguais ou, então, devemos temer o destino de uma dessas Panelas.

A Raposa de cauda cortada

Uma Raposa velha e das mais espertas, grande caçadora de Galinhas e Coelhos, caiu, enfim, em uma armadilha. Teve sorte, conseguiu escapar, mas lá deixou sua cauda.

Para ocultar sua vergonha, quis que todos os seus semelhantes ficassem sem suas caudas. Um dia, reuniram-se todas as raposas e ela, escondendo seu toquinho de cauda, disse: "Para que nos serve esse peso inútil que levamos arrastando na lama, atrás de nós? Queremos a cauda para quê? Está fora de moda, temos de cortá-las. Se creem em mim, as cortarão." "Muito bom seu conselho", disse uma das raposas. "Porém, faça o favor de dar meia-volta e mostrar a cauda que você está disposta a cortar." Sem ter como disfarçar, ao virar-se a pobre Raposa só ouviu as gargalhadas e a algazarra de suas companheiras.

Era inútil prosseguir. A moda da cauda continuou e dura até hoje.

O Cavalo e o Lobo

Na primavera, quando os Zéfiros fazem o campo verdear e todos os Animais deixam suas tocas para lutar pela vida, certo Lobo viu um Cavalo solto na pradaria. "Que alegria!", disse para si mesmo. "Boa caça à vista, que pena que não é um carneirinho! Logo cairia em minhas garras... Com este, terei de pensar em uma armadilha. Vamos lá, então!"

Aproximou-se do Cavalo passo a passo. Fingiu-se um seguidor de Hipócrates, disse que conhecia as virtudes de todas as ervas daquele prado e que sabia curar todo tipo de doenças. Se Dom Corcel se dignasse a dizer qual era seu mal, ele, o Lobo, o curaria de graça, pois, como afirmou, não poderia cobrar de um amigo, e vê-lo pastando solto naquela paragem era, segundo a Medicina, sinal seguro de doença. O cavalo, sabendo da malícia do lobo, respondeu: "O que tenho é um tumor nas patas de trás". O Doutor se aproximou: "Meu filho, não há parte do corpo mais propensa a males. Tenho a honra de medicar os Senhores Cavalos e sou também cirurgião". O espertalhão só pensava em ganhar tempo para abocanhar sua presa; quando foi examinar as patas do Cavalo, este lhe aplicou um par de coices violentos e quebrou suas mandíbulas. "Eu mereci", disse o Lobo, pesaroso, para si mesmo. "Cada um deve ser o que é. Por que fui me meter a Doutor se não sou mais que um Açougueiro?"

O parto da Montanha

A Montanha, estando grávida, começou a sentir as dores do parto. Tão altos eram seus gritos que as pessoas acreditavam que daria à luz uma grande cidade, pelo menos do tamanho de Paris. E sabem o que saiu de dentro dela? Um mísero ratinho!

Quando penso nesta fábula, fantasiosa em sua invenção, mas muito verdadeira em seu sentido, lembro um poeta que diz mais ou menos assim: "Cantarei a guerra dos Titãs contra o Mestre do trovão". Isso é prometer muito, mas não é o que todos fazem? Palavras ao vento.

O Camelo e os gravetos flutuantes

O primeiro que viu um Camelo ficou assustado com aquela novidade. O segundo foi para perto dele. O terceiro lhe pôs um cabresto. O costume nos familiariza com tudo. O que nos parece mais estranho e mais terrível deixa de nos chocar quando o vemos todos os dias.

É o caso de pessoas que foram colocadas como vigias, à beira do mar. Essa gente viu algo lá longe que lhes pareceu um poderoso navio. Em poucos segundos, o navio se converteu em uma barca comum; pouco depois, em uma lancha; logo mais, em um fardo qualquer; e, por fim, em uns gravetos flutuantes sobre a água.

De muitos de nós poderíamos dizer o mesmo: de longe, somos grandes; de perto, somos nada, apenas uns gravetinhos.

A Velha e suas duas Servas

Era uma vez, uma Velha que tinha duas Servas. Elas fiavam melhor que as três Parcas e a Velha só pensava em dar mais e mais trabalho para as duas.

Assim que Tétis saía para caçar Febo, eram postos em movimento as rocas, as enoveladeiras, os fusos: não havia trégua nem descanso. Mal o galo se punha a cantar, nossa Velha, vigilante como era, vestia um gibão sebento, acendia uma lamparina e corria direto para o leito onde dormiam as pobres Servas. Uma entreabria os olhos, a outra esticava os braços, e as duas, mal-humoradas, diziam entre dentes: "Galo maldito, você ainda vai nos pagar!". E não apenas disseram como fizeram: agarraram o despertador matutino e lhe cortaram o pescoço. Porém, aquele assassinato não melhorou a sorte da Dupla. Todas as noites, desconfiada que fosse perder a hora, a Velha levantava em sobressaltos e as obrigava a acordar ainda mais cedo.

Muitas vezes acontece assim. Para sair de uma situação ruim, nos enroscamos em outra ainda pior.

A Raposa e o Busto

  Os Grandes, em sua maioria, são como máscaras de teatro. A aparência deles se impõe ao vulgo crédulo. O Asno julga somente por aquilo que vê. A Raposa, ao contrário, examina tudo a fundo, observa de todos os lados e, quando vê que não há nada de bom além do exterior, aplica a sentença. Foi o que fez com o Busto de um herói que surgiu diante de si, em certa ocasião. Era um Busto oco, de tamanho maior que o natural. A Raposa elogiava a qualidade da escultura: "Bela cabeça! Pena que não tenha miolos!".

  Ah, quantos grandes Senhores são iguais a esse Busto!

A Gralha vestida com as plumas do Pavão

Morreu um Pavão. Uma Gralha pegou as plumas dele e se vestiu com elas. Depois, foi pavonear-se entre os companheiros do defunto, fingindo ser um deles. Porém, alguém a reconheceu e ela foi vaiada, humilhada, desplumada, expulsa pelos pavões, e teve de se refugiar entre os seus. O que tampouco lhe ajudou, pois também a rejeitaram.

Há muitas gralhas no mundo que se adornam com bens alheios. Chamam-se imitadores. Eu me calo, não quero aborrecê-los: nada tenho a ver com eles.

A Fortuna e o Menino

Sobre um poço profundo, dormia a sono solto e preguiçoso um rapazinho; os meninos não precisam nem de travesseiros nem de colchões para dormir. Ele teve a sorte de passar por ali a Fortuna, que o despertou suavemente e lhe disse: "Pequeno, salvei sua vida. Na próxima vez, tente ser mais cuidadoso. Se tivesse caído no poço, diriam que a culpa era minha, quando, na verdade, seria toda sua. Pense com todo o coração no que fez e diga se posso ser responsável por sua imprudência". Dito isso, ela partiu.

Acho que ela tem toda razão: de tudo o que acontece no mundo, a culpa recai sobre ela, que tem de responder por nossas desventuras. Somos tolos ou descuidados, calculamos mal nossos atos e, em seguida, exclamamos: "Maldita Fortuna!". É sempre dela a culpa.

O Sátiro e o Viajante

No fundo de uma caverna nas selvas, um Sátiro e sua família almoçavam. Em volta do caldeirão estavam, no chão batido, Ele, sua Esposa e os Filhos. Toalha de mesa e guardanapos não havia; porém, apetite não faltava.

Para refugiar-se da chuva, um Viajante entrou na caverna, tremendo de frio. Não o esperavam, mas o convidaram para comer. Não houve necessidade de repetirem a gentileza. O Convidado primeiro soprou os dedos para esquentá-los, depois soprou o prato que lhe deram. Surpreendeu-se o Sátiro, que lhe perguntou: "O que está fazendo?". O Viajante respondeu: "Soprando, esfrio a comida; soprando, esquento as mãos". "Pois saia já daqui!", respondeu o dono da caverna. "Não quero em minha casa alguém que com a mesma boca sopra tanto quente quanto frio."

O Velho e seus Filhos

Todo poder é fraco, a não ser que esteja unido. Sobre isso, escute Esopo. Se eu estiver acrescentando algo ao que ele criou, é para ilustrar nossos costumes, não para melhorar sua obra. Não me acho capaz disso. Fedro o enriquecia para se vangloriar. A mim, parece imprópria tal pretensão. Porém, voltemos à fábula, ou melhor, à história de um homem que se esforçou para manter unidos seus três filhos.

Um Velho, na beira da morte, chamou seus três filhos e lhes disse: "Meus queridos, tentem quebrar, cada um por si, esse feixe de flechas. Depois explicarei a razão desse pedido". O filho mais velho pegou o feixe, fez toda força para quebrá-lo e o devolveu inteiro. Seguiu o filho do meio, que se esforçou o quanto pôde, em vão. O mesmo aconteceu com o mais novo. O feixe resistiu bem, nenhuma seta foi quebrada.

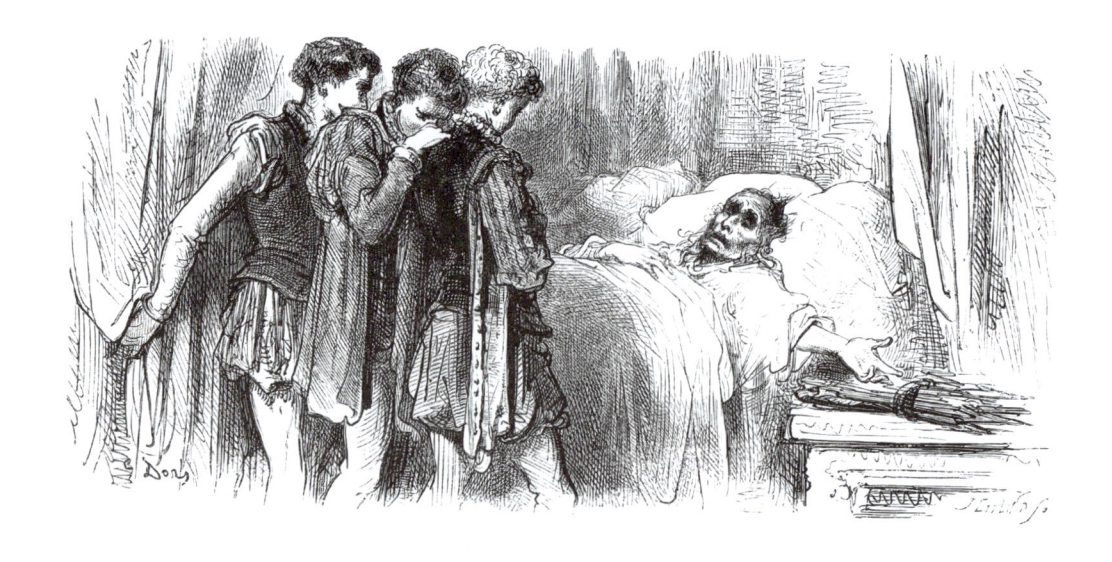

"Vocês são fracos; agora, irão testemunhar a minha força", disse o Velho. Os filhos acharam que o pai estivesse brincando e sorriram, mas estavam errados. Ele abriu o feixe, separou as setas e as quebrou uma a uma, com a maior facilidade. "O que vocês estão vendo, meus Filhos, é a força da união. Permaneçam juntos e deixem que o amor os coloque sempre de acordo." E enquanto resistiu a sua enfermidade, não falou de outra coisa.

Sentindo que seus dias estavam chegando ao fim, o Velho disse: "Queridos Filhos, vou me reunir com nossos antepassados. Adeus! Prometam-me viver como bons irmãos. Deem-me este consolo na hora da morte". Chorando, os três Filhos fizeram a promessa. Deram-se as mãos e o Velho morreu.

De herança, os três Filhos receberam uma fazenda grande e com muitas dívidas. Um Credor pediu o embargo dela, um Vizinho os processou. A princípio, eles se defenderam bem, mas logo a união se desfez: o sangue os havia unido, mas o interesse os separou. Intrometeram-se na herança a Ambição, a Inveja e os Consultores. Por fim, chegou o dia da partilha: discutiram e se ofenderam. O juiz logo condenaria uns e outros. Vizinhos e Credores atacaram de novo. Os irmãos, desunidos, se desentendiam toda hora; um quer se acomodar, outro não quer fazer nada. Todos perderam seus bens e, quando quiseram unir as setas espalhadas, já era tarde demais.

O Tesouro e os dois homens

Um pobre diabo, que não possuía um centavo, achou que seria melhor enforcar-se para pôr fim a seus males já que a fome havia de acabar com ele e não lhe agradava muito esse tipo de morte. Um velho casebre foi escolhido como local de seu último ato: levou uma corda e a prendeu na parede, numa altura conveniente, com a ajuda de um prego. A parede era antiga, não estava muito firme, e, ao desmoronar com as primeiras pancadas, deixou cair um tesouro. O desesperado recuperou o ânimo e, abandonando a corda, saiu com o ouro, sem contá-lo. Fosse grande ou não a soma, servia muito bem ao pobretão.

Enquanto se retirava a passos largos, chegou o dono do tesouro e viu que suas posses haviam sido roubadas.

"Santo Deus!", exclamou. "Perder minha fortuna antes de

morrer? Não é motivo para me enforcar? Sim, senhor! Vou me enforcar assim que arranjar uma corda!"

Pois a corda estava à mão, era só ajeitá-la no pescoço. Nosso homem assim o fez e se enforcou, com sucesso. Seu único consolo foi que outro pagou pela corda. Corda e tesouro, ambos encontraram seus donos.

O avarento poucas vezes termina bem seus dias; sempre é quem usufrui menos dos tesouros que esconde e acaba acumulando tesouros para ladrões, para parentes ou para a terra. Que direi, nesse caso, sobre a troca feita pela Fortuna? Ela pratica seus truques e quanto mais surpreendentes e ridículos, mais eles a divertem. A versátil Deusa teve o capricho de ver um homem enforcar-se, justo aquele que menos pensava em fazer tal coisa.

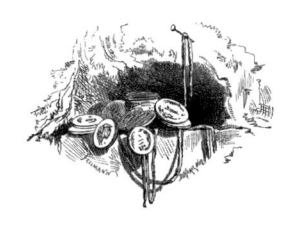

O Lenhador e Mercúrio

A Monsieur o conde De Brienne (*)

A norma para minhas fábulas é o seu gosto. Meus esforços são para obter sua aprovação. Querem que eu não abuse de artifícios e que eu renuncie aos ornamentos vãos? Quero o mesmo: um autor estraga tudo quando quer fazer um texto muito benfeito. Não que se devam banir certos traços delicados. As pessoas gostam deles e eu não os odeio. Quanto ao que Esopo deseja demonstrar, faço o que posso para conseguir demonstrá-lo também. Se minhas palavras não instruem nem agradam, creiam-me, não é culpa minha.

Como não tenho forças para atacar o vício com o braço de Hércules, me contento em torná-lo ridículo. Meu talento está aí, não sei se é o suficiente. Coloco algumas vezes a tola

---

(*) O conde De Brienne publicou com La Fontaine, em 1670, uma antologia de poesias cristãs e de assuntos diversos.

vaidade ao lado da inveja, que são os dois polos em torno dos quais o mundo gira hoje: bem representa a vaidade e a inveja aquele animalzinho que quis inchar-se para se igualar ao Boi. Oponho, às vezes, com dupla imagem, o vício e a virtude, a estupidez e a sensatez, os Cordeiros e os Lobos vorazes, a Mosca e a Formiga. E assim converto esta obra numa vasta Comédia de cem atos diferentes, cujo cenário é o Universo. Homens, Deuses, Animais, todos têm um papel: Júpiter tem um também. Entra em cena o deus que leva suas palavras às Belas, embora não se trate, agora, disso.

Um Lenhador perdeu seu ganha-pão, ou seja, seu machado. Procurando-o em vão, se lamentava de tal modo que dava pena ouvi-lo. Não tinha objeto algum que pudesse penhorar ou vender: seu único tesouro era aquele instrumento. Sem esperanças, as lágrimas lhe banharam o rosto. "Meu machado! Devolva-me, oh poderoso Júpiter, e lhe dedicarei minha vida outra vez!" O Olimpo escutou seus lamentos e Mercúrio o acudiu. "Não está perdido! Achei este bem perto daqui. Reconhece seu machado?" E lhe mostrou um machado com o cabo feito de ouro. Nosso homem lhe respondeu: "Não é este o que procuro". Depois, o deus lhe mostrou outro, com o cabo de prata; ele o recusou também. Mostrou-lhe, enfim, um machado com o cabo de madeira. "Este é o meu!", exclamou. "Por favor, é este mesmo." "Os três são para você", disse o deus. "Sua boa-fé merece recompensa." "Sendo assim", respondeu o Lenhador, "eu os aceito."

A História correu pelo vilarejo e era triste de se ver como os lenhadores perdiam seus machados, só para que os deuses os devolvessem. O Rei dos Deuses não sabia a quem atender e, novamente, mandou seu filho Mercúrio, que a cada um daqueles Malandros mostrou primeiro o machado com o cabo de ouro. Todos eles julgaram que seriam muito burrinhos se não gritassem de pronto "Este é o meu!". Sabem o que lhes deu Mercúrio? Uma bela machadada na cabeça.

Não mentir e se contentar cada qual com o que tem é mais seguro. Porém, há tantos que estão sempre imaginando fraudes para se darem bem! Mas de que serve isso? Júpiter não se deixa enganar facilmente.

O Sol e as Rãs

Celebram-se as bodas de um Tirano e o Povo, com festiva algazarra, afoga suas preocupações em copos cheios. Esopo era o único que não via com bons olhos tais celebrações.

Contava ele que, em épocas passadas, o Sol pensou em se casar. Em seguida começaram as lamentações das Rãs. "Que será de nós, se ele tiver filhos?", perguntavam as Cidadãs da lagoa. "Com apenas um Sol já sofremos; quando houver meia dúzia deles, os mares e todos os seus habitantes sumirão. Adeus, pântanos e córregos! Nossa raça diminuirá e logo estará reduzida às águas do Estige." Para um pobre Animal, as Rãs, a meu ver, raciocinam muito bem.

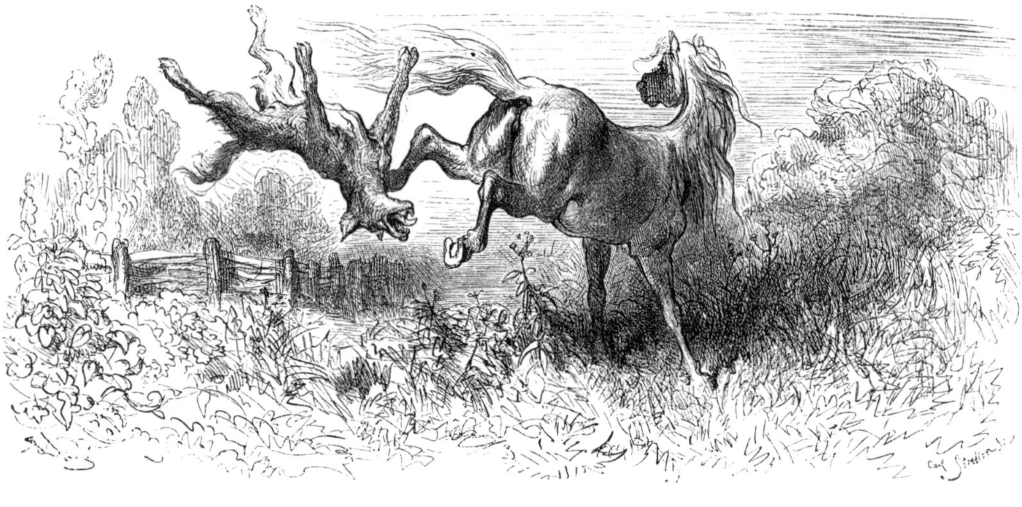